Forêt lunaire

FSC
www.fsc.org
MIXTE
Papier issu
de sources
responsables
Paper from
responsible sources
FSC® C105338

Forêt lunaire

(milieu 2021-début 2024)

Nattürhya

© 2024 Nattürhya
Édition : BoD – Books on Demand, info@bod.fr
Impression : BoD – Books on Demand, In de Tarpen 42, Norderstedt (Allemagne)
Impression à la demande
ISBN : 978-2-3225-4053-2
Dépôt légal : juillet 2024

Pour Alexandra

Forêt sélénique

Bronia tombait du ciel à une vitesse hallucinante. Il agitait les bras et les jambes de manière disgracieuse en hurlant. Il arrêta de crier et tourna la tête vers Marie sur sa droite. Elle était loin et n'avait pas l'air de le remarquer à cause de la chute qui pouvait leur être fatale. Bronia passa à travers les branches d'un chêne et la perdit de vue avant de s'écrouler brutalement au sol et de s'évanouir. Juste après avoir émergé quelques heures plus tard, il s'évanouit à nouveau. Des cris stridents féminins s'élevaient dans l'aurore du petit matin. Le jeune homme se leva avec un mal au crâne insoutenable. Il se frotta le front et découvrit que du sang séché s'y trouvait. Il chercha Marie des yeux et tourna son regard de tous les côtés, mais n'eut guère le temps de s'interroger sur la position de son amie et de la sienne. Au loin, entourée d'un manteau de brume épais, se tenait une haute silhouette féminine. Cette créature à l'allure effrayante semblait se rapprocher de lui en boitant. Par réflexe, le jeune homme recula d'un pas, ce qui déplut profondément à son interlocutrice visuelle qui se mit à accélérer. Alors, il s'élança et courut le plus vite que le lui permettait son pauvre corps endolori. Il s'enfonça dans l'ombre des arbres sans vraiment regarder devant lui. Les ronces qu'il piétinait lui griffèrent les jambes. Il ne tint que très peu de temps, à bout de souffle et sans repères. Il dut malgré tout reprendre sa course, la créature se rapprochant. À peine eut-il fait deux pas que son pied se prit dans une racine et s'écrasa lamentablement. Paniqué, il continua en rampant. Sentant une présence glaciale toute proche de lui, il se retourna. Les deux fines fentes qui devaient servir de nez à l'être face à lui tremblaient, puis ses yeux, d'un vide bleuté à en faire frémir plus d'un, se fixèrent sur lui. Elle éleva son bras difforme pour prendre de l'élan et ainsi pouvoir trancher la gorge du malheureux avec ses longs ongles fuchsia. Bronia se recroquevilla sur lui-même et ferma fortement ses yeux. Sa vie allait se finir. *Et quelle vie magnifique !* pensa-t-il. *Même si la fin laisse à désirer...* Le son d'une lame déchirant l'air puis celui d'une lourde masse s'écrasant sur lui se firent entendre. Bronia le courageux cria de peur. Finalement, il se risqua à ouvrir un œil puis l'autre. Son interlocutrice visuelle était couchée sur lui, une hachette plantée à l'arrière du crâne. Un nouveau cri s'échappa de sa gorge et il s'extirpa en vitesse de cette drôle de couverture. Un liquide bleu électrique tachait ses vêtements. Trop heureux de s'en être sorti indemne, il baissa sa garde et laissa sa tête se reposer sur le sol. Une jeune femme se laissa tomber de la branche la plus basse de l'arbre lui faisant face et décrocha son arme du cadavre.

« Merci infiniment pour votre aide, déclara Bronia pendant que sa sauveuse faisait tremper la lame de sa deuxième hachette et de son couteau dans le liquide glacé. Sans vous, je... — T'as foutu quoi pour qu'une Gardienne veut ta mort ? » *C'est ça, le nom de ce monstre qui m'a attaqué.* « Réponds ! — Je... euh... je sais pas. » Elle lui agrippait les cheveux et avait placé la lame gelée de son couteau sous sa gorge. « Tu sais pas ? Comment ça, tu sais pas ? » Les yeux de son interlocuteur reflétaient une grande peur, mais également... de l'incompréhension. « T'es pas d'ici, c'est ça ? — D'ici ? — Putain, un Oublié ! J'aurais dû la laisser te tuer. Puis elle marmonna : Tant pis. Ç'qui est fait est fait. » La guerrière le lâcha, rangea son couteau et se releva pour repartir, comptant abandonner le jeune homme à son triste sort. Celui-ci, scandalisé par cette injustice, se leva et lança : « Attendez, v... vous n'allez pas me laisser ici tout seul ? — C'est ç'que j'suis en train d'faire, pauv'e idiot. — Mais si vous faites ça, je vais mourir... et mon amie aussi ! — Pas mon problème. — C'est comme si vous nous assassiniez ! » Les pas de la jeune femme s'arrêtèrent. « Qu'est-ce t'as dit ? — Je... j'ai dit que c'était comme si vous... vous nous assassiniez », bredouilla Bronia. Redevenu anxieux, il se frotta le cuir chevelu et la gorge dont la peau était devenue étrangement froide. « Nan, avant. » Elle laissa son regard toiser le jeune homme par-dessus son épaule. « T'as dit qu'y avait que'qu'un d'aut'e avec toi ? » Il hocha nerveusement la tête. « Et elle est où, ç'tte personne ? interrogea la guerrière en le regardant de face cette fois-ci. — J... je sais pas. — Quoi, elle est pas avec toi ? — N... non. M... Marie n... n'a pas atterri au même endr... endroit que moi. — Putain, ça va êt'e compliqué ! » Elle passa ses mains sur son front et ramena ses cheveux en arrière. « Faut la r'trouver avant que les Gardiennes le fassent. Bon... j'vais t'aider si t'y tiens, mais seulement jusqu'à la prochaine pleine lune, déclara-t-elle avant de cracher un énième juron entre ses dents. Bon, tu m'montres où elle a atté... atter... où elle est tombée. » Il lui répondit d'un hochement de tête avant de comprendre que la guerrière s'impatientait. « Ah, oui ! Elle... elle doit être quelque part par là-bas. » Il lui désigna de son doigt la direction. « Vas-y, montre-moi. J'te suis. — Ah... d'accord. »

Les pas de Bronia piétinaient les fougères. « On y va, déclara la guerrière. — Attendez ! — Elle est pas là, coupa-t-elle. J'sais pas où est partie ta copine, mais elle est pas là. » Bronia continuait de chercher, s'enfonçant encore plus dans les bois et ignorant les remarques de sa guide. « Bon… j'y vais. Et surtout, fais attention, p'tit gars. Il est jamais bon de rester au même endroit trop longtemps, surtout dans les parages. » Bronia se rendit compte soudainement qu'elle partait dans la direction opposée. « Eh ! Attendez-moi ! » Il se mit à courir derrière elle comme un fidèle petit chien. « Où comptez-vous aller ? demanda-t-il. — Tu verras », répondit-elle sèchement. Au loin, le sang rampa sur le sol et retourna dans le corps de la Gardienne par sa plaie ouverte qui se referma d'elle-même une fois le liquide à l'intérieur. La créature commença à remuer. Elle se releva, d'abord le buste et les bras, puis le reste.

Les deux jeunes gens, rattrapés par la tombée de la nuit et le besoin de se reposer, étaient assis au coin du feu. Les flammes colorées, qui étrangement ne produisaient pas de fumée, dansaient au milieu de l'obscurité. Elles éclairaient de manière inégale le visage de la guerrière qui se tenait face à l'ami inquiet. Le silence qui s'était installé pesait sur les épaules du jeune homme qui ne le supportait pas. Pour rompre son malaise, il trouva une excuse pour parler : « Je crois qu'on a oublié de se présenter. Je m'appelle Bronia, et vous ? C'est quoi, votre nom ? » Une paire d'yeux bleu perçant vint se planter dans les siens.

« Witch, répondit-elle d'un ton froid, puis elle détourna son regard vers le vide. — Oh. Witch, c'est… c'est un prénom plutôt… plutôt origi… — C'est pas mon prénom », coupa-t-elle d'un ton cassant, ce qui mit fin à toute tentative de conversation.

Bronia s'était réveillé avec une étrange sensation. Il ne se souvenait jamais des rêves qu'il faisait, à croire qu'il ne rêvait jamais. Il faut bien l'avouer, le jeune homme pourrait bien consommer n'importe quel champignon ou lécher n'importe quelle grenouille, il était complètement démuni d'imagination : preuve ultime que tout ce qu'il était en train de vivre était réel. « Debout ! » Witch venait de lui balancer une poignée de cendres à la figure. Ça y est, il se souvenait de l'idée qui avait envahi son esprit durant ses derniers instants de sommeil. Elle s'échappa encore et il ne parvint pas à la retrouver une seconde fois. « Allez ! ordonna Witch. — J'arrive », se pressa-t-il en se protégeant le visage au cas où elle voudrait lui relancer les restes cendreux de la veille. « Où est-ce qu'on va ? — Chercher à manger. — Et Marie ? — Tu veux la chercher le ventre vide ? » Un gargouillement timide répondit au sourcil arqué de la jeune femme.

Bronia accéléra le pas pour se mettre à la hauteur de Witch. « Au fait, vous savez qu'on s'éloigne de l'endroit où Marie est censée se trouver ? — J't'ai dit que ta copine, elle était pas là-bas. — Alors, vous avez une idée de comment la retrouver ? » L'instant d'une demi-seconde, le côté droit de la bouche de Witch s'étira en une sorte de rictus, ce qui fit brièvement cligner son œil. « Le Lac de la Vérité. — Pardon ? — Le Lac de la Vérité, m'oblige pas à m'répéter. — Oui, mais... qu'est-ce que c'est ? — Tu verras, p'tit gars. »

Plusieurs heures plus tard, la guerrière s'arrêta soudainement. Elle intima au jeune homme le silence. Tout doucement, elle approcha sa main de sa ceinture. La suite de la scène se déroula beaucoup trop vite pour que Bronia puisse la suivre. Elle attrapa l'une de ses hachettes avec habileté et la lança en direction d'un buisson. Le bruit d'une lourde masse qui tombe fit sursauter Bronia. Witch saisit son couteau en main et s'approcha à pas de loup du buisson agité. Elle disparut sous le feuillage épais. La guerrière sortit du buisson, traînant derrière elle le cadavre d'un sanglier. Witch éviscérait son futur dîner tandis que Bronia le courageux restait à l'écart. Elle peinait à le faire, pourtant elle en avait l'habitude.

Pour mieux respirer, elle retira la bande de cuir noir qui maintenait sa poitrine. Elle la portait par-dessus son haut et non en dessous pour plus de facilité. Une fois les intestins retirés, elle se mit à retirer la peau de la chair et à découper de gros morceaux de viande. Elle les posa sur son bandeau en cuir pour ne pas les salir. Une fois qu'elle avait fini de retirer tout ce qui était mangeable, elle frotta ses mains moins couvertes de sang que d'habitude l'une contre l'autre, s'étira, empaqueta convenablement son repas dans son emballage de fortune et alla chercher Bronia. Elle le découvrit avec, à côté de lui, une belle flaque de vomi. Il lui en restait un peu entre la lèvre inférieure et le menton.

Ils avaient beaucoup marché pour s'éloigner le plus possible de l'endroit où la jeune femme avait trié la viande du reste et se rapprocher du lac. Cela faisait bientôt trois heures que la viande avait été mise à cuire sur le feu. Elle allait dans peu de temps être mangeable. Witch retira un morceau du feu qu'elle tâta. Elle le tendit à son compagnon de route qui le refusa d'un signe de tête accompagné d'un signe de main. « Je suis végétarien », déclara-t-il. Elle le dévisagea, la mâchoire serrée. Ses dents grincèrent. « Qu'est-ce qu'il y a ? — Rien. » Et elle détourna le regard, se concentrant sur son bout de viande qu'elle déchirait sauvagement de ses dents. Witch finissait le dernier morceau de viande, remit son bandage de poitrine. De longues minutes après la fin de son dîner, elle observait toujours du coin de l'œil le jeune homme qui serrait ses mains sur son estomac. Un énième gargouillement la fit tiquer. Elle se leva d'un coup. « Qu'est-ce que vous faites ? — J'vais chercher aut'e chose pour ton dîner, un truc que tu pourras manger. » Elle revint quelques minutes plus tard, les bras chargés d'orties. La guerrière s'assit et commença à arracher les feuilles, à les effiler puis à les écraser dans un bol en terre cuite à l'aide d'un pilon, tous deux venant de son sac à dos. Elle posa une grosse pierre plate sur une partie du feu et fit tenir dessus le bol pour faire chauffer les feuilles écrasées avec un peu d'eau. Elle retira la soupe du feu, mélangea la mixture. « Mmh ! C'est bon, complimenta Bronia entre deux gorgées. Comment avez-vous appris à cuisiner ça ? — J'ai appris, c'est tout. » Agacée, Witch balança des trucs sur le feu pour l'éteindre puis retira son bandage pour respirer correctement dans son sommeil. Bronia resta hébété quelques instants, puis posa son bol vide par terre et essaya de s'allonger le plus silencieusement possible.

La nuit était tombée. Là-haut, dans le ciel, les étoiles scintillaient. Un fin croissant de lune s'était tissé sur le voile céleste entre la veille et cette nuit-là. Bronia traînait le pas tandis que la guerrière le devançait largement sans daigner ralentir. Elle stoppa sa marche. « Surtout, tu t'approches pas, tu te montres pas et tu parles pas, compris ? — Mais pourquoi ? voulut-il savoir. — Tu tiens à la vie ? » Bronia déglutit. Elle le planta là. Néanmoins, le jeune homme fut piqué de curiosité. Il se plaqua contre un arbre et laissa dépasser sa tête. Quant à Witch, elle s'avançait en balançant ses bras musclés d'avant en arrière, le dos voûté. Elle s'arrêta devant ce qui semblait être un énorme trou béant dans la terre et s'agenouilla. Ce large trou noir était en réalité l'eau d'un lac dont personne ne connaissait la profondeur. Lentement, l'eau se mit à briller, comme illuminée, devenant au fur et à mesure turquoise avec de multiples reflets verts. De gigantesques queues de serpents surgirent gracieusement à la surface avant de replonger. Des têtes aux longs cheveux rouges et roux flamboyant émergèrent une à une. Une main palmée à la peau grise et luisante prit appui sur l'espace de terre qui séparait la jeune femme du lac. La tête appartenant au même corps de cette main sortit à son tour de l'eau. Sa chevelure était noire. C'était la cheffe. « Bien le bonsoir, ma sœur. Que me vaut l'honneur de ta visite parmi nous ? » La sirène souriait, dévoilant ses dents d'un blanc immaculé. Elle regardait en direction du bois, ce qui troubla la jeune femme. « Alors, s'impatienta la sirène, tu as une question à nous poser, ma sœur ? — Vous savez pourquoi j'suis là, répondit froidement Witch. — Oui, mais tu connais nos petites formalités. Tu sais à quel point nous aimons jouer. — … Vous auriez pas un moyen pour r'trouver ç'tte fille là… — Marie ? » Witch s'était arrêtée de parler pour mieux observer le sourcil arqué de la sirène. Sous son regard insistant, elle reprit : « Oui, c'est ça… Marie. — Eh bien, il suffisait de demander au lieu d'en faire tout un mystère. » D'un signe de tête, l'une de ses consœurs descendit dans les profondeurs pour en remonter une perle d'eau qu'elle tendit à la guerrière. Witch ne savait pas vraiment quoi faire avec et la fixa avec étonnement. « Il faut que tu l'avales, se moqua la sirène aux cheveux noirs. Elle ne répondra pas à la question que tu te poses, mais elle te permettra de trouver ce que tu cherches », précisa-t-elle. Witch la goba sans aucune grâce, esquissant une grimace. Elle la remercia d'un hochement de tête et sortit de son sac une bouteille au liquide transparent qu'elle déversa entièrement dans le lac. Les reflets lumineux se firent un peu plus vifs puis reprirent leur intensité initiale. Elle s'apprêta à se relever, mais une main palmée s'agrippa à son bras. « La prochaine fois que tu nous manques de respect en emmenant l'un de ces énergumènes, je te jure que toi et le prochain, vous le regretterez profondément. » Les griffes de la créature déchirèrent la peau de son avant-bras jusqu'à arriver au début du poignet. Arrivés là, ses doigts le lâchèrent et Witch se dépêcha de s'en aller sans jamais tourner le dos aux habitantes du Lac de la Vérité. « Me… merci encore », bégaya-t-elle tandis que les sirènes la fixaient toujours avec cette même lueur inquiétante dans les yeux. « Alors, ça s'est passé comment ? l'intercepta innocemment Bronia quand elle regagna la sécurité des bois. — Tu comprends pas quoi dans les mots « pas se montrer » ? cria-t-elle. — Bah, je… euh… — Laisse tomber, putain. » Elle se calma les nerfs en sortant de son sac une gourde, pas celle qui contenait ordinairement de l'eau, mais l'autre, en but deux gorgées et en versa un peu sur sa blessure. Elle rangea ensuite cette seconde gourde pour en sortir une bande de tissu. Elle en enroula une partie autour de son avant-bras et serra bien fort. « Vous voulez de l'aide ? demanda Bronia, gêné. — Cha va, merchi, articula-t-elle en nouant le bandage avec ses dents. — Vous savez, je m'y connais un peu en matière de soins. — Ça va, j'ai dit. » Elle rangea la bande de tissu et referma son sac qu'elle replaça sur ses épaules. Inconsciemment, elle pressa sa main sur sa plaie. « On y va », ordonna-t-elle froidement en se reprenant avant de tituber. Bronia lui emboîta le pas maladroitement. « Où va-t-on maintenant ? demanda-t-il. — Tu verras. — Vous savez où se trouve Marie ? — Tais-toi ! »

Des papillons aux ailes lumineuses valsaient dans le mince filet de lumière que produisait la Lune, au-dessus d'un cercle tracé il y a bien longtemps de cela pour un rite funéraire. Un agréable parfum floral flottait dans l'air, et de grosses roses blanches qui se teintaient en rose et rouge le jour poussaient sur le tronc des arbres. Witch tenait entre ses mains un bocal en verre, autre objet qu'elle avait sorti de son sac éraflé. Elle avait ordonné à Bronia de rester en arrière comme elle l'avait fait avec les sirènes. La guerrière s'approcha lentement du cercle en dévissant silencieusement le couvercle. Ses mouvements devinrent aussi gracieux et précis que ceux des papillons. Elle était proche de ces petits êtres de lumière, dont les ailes éclairaient les cernes qui marquaient grossièrement ses joues brunes comme de vulgaires cicatrices. Ils entrèrent dans le bocal sans difficulté tout en continuant à danser.

Le dos de l'une des mains de la guerrière frôla le rayon du croissant de lune et tout son corps fut pris d'un brusque mouvement de recul. Elle inspira par la bouche en serrant les dents, comme si elle s'était brûlée. Witch reporta son regard de sa main à l'endroit où celle-ci se trouvait deux secondes plus tôt. Les papillons qui continuaient de danser avaient fui à cause de l'agitation, mais il restait prisonniers des parois de verre. Elle se dépêcha de refermer le contenant et le rangea dans son sac. « On y va », ordonna-t-elle sèchement à l'intrus.

Manquant de temps, ils n'étaient pas parvenus à se rendre à l'endroit décidé par Witch et avaient dû s'arrêter en chemin. Bronia s'était maladroitement installé sur une pierre fort inconfortable. Agacé, il succomba à la tentation et se leva pour se gratter le derrière. Entendant Witch revenir, il se rassit précipitamment et lâcha un « aïe » quand ce qu'il était en train de soulager juste avant se cogna contre son siège de fortune. Même pour aller uriner, la jeune femme avait gardé son sac et ses armes avec elle. Aucune confiance ne régnait. Enfin si, il y en avait une, mais à sens unique, et cette confiance accordée était plutôt le résultat d'un concours de circonstances que d'un choix éclairé. La guerrière s'assit péniblement sur le tronc d'arbre couché au sol. Elle s'était d'office réservé la meilleure place. Elle sortit de son sac la même gourde que quelques heures auparavant, en but une gorgée puis la rangea. Mal à l'aise, Bronia se décida à briser le silence : « Qu'est-ce que c'était... vous savez... les créatures de tout à l'heure ? » Witch souffla d'exaspération ou de fatigue. Elle caressait son bandage, pensive, semblant être plongée dans de profondes réflexions, et d'un coup, le transperça de ses yeux bleus. « Tu tiens vraiment à savoir ? » Le jeune homme hocha exagérément la tête. La guerrière se redressa. « Les sirènes sont des femmes... ayant été victimes d'hommes et elles en sont mortes de mani... de maniè... Bref. Elles sont mortes soit tuées par ces hommes, soit leur mort en est la con... la consé... le résultat. Beaucoup sont mortes sous les coups de leur é... ép... de leur mari. Le dieu de la Vengeance guette leur dernier souffle pour pac... pacti... passer un marché. En échange de la souffrance éternelle de leurs tortionnaires, elles gardent et protègent le lac de sa sœur, la déesse de l'Équilibre. — Mais puisqu'elles haïssent les hommes, pourquoi est-ce qu'elles pactisent avec l'un d'entre eux ? — T'es vraiment stupide d'in... d'insi... d'insinu... de sous-entendre que les humains et les dieux sont pareils. » Bronia l'observa reprendre son calme en commençant à sculpter un morceau de bois qu'elle avait dû ramasser en allant pisser. Son regard était, comme toujours, concentré, mais ses traits s'étaient adoucis, détendus, et elle semblait... paisible. En remarquant cela, Bronia ne put s'empêcher de faire une petite remarque : « C'est amusant, commença-t-il, vous êtes une vraie palette d'émotions : vous passez de l'agacement à la sérénité sans une once de transition. Vous êtes vraiment lunatique. » Witch fit une pause dans son ouvrage et leva le menton vers son compagnon, et détachant chaque syllabe : « Lu-na-tique. » Elle esquissa un sourire. « Bravo, ce mot m'décrit très bien. » Puis, après cet instant d'égarement, elle reprit son travail.

Bronia, épuisé par la marche, ne cessait de respirer bruyamment. « Ha-ha… Ha-attendez-moi. » Il continuait d'avancer, le dos tellement baissé que sa tête aurait pu toucher ses genoux. Il trébucha et se rattrapa sur Witch. Celle-ci, en réponse, lui lança un regard rempli de haine. « Pardon », dit-il en s'écartant, le corps frêle. Witch se reconcentra sur la forteresse rocheuse qui se dressait devant elle. « Hum… Qu'est-ce qu'on fait là ? questionna-t-il, hésitant. — Je dois voir quelqu'un », expliqua-t-elle brièvement. La guerrière sortit de son sac le bocal rempli d'insectes, en saisit un puis l'écrasa sur la pierre froide, étalant une traînée fluorescente. Bronia se retint de vomir. La terre trembla et le gros caillou se divisa en deux pour laisser place à un chemin pentu. Witch commença à descendre puis s'arrêta brusquement. Elle se retourna vers son compagnon de voyage et lui demanda de but en blanc : « T'es puceau ? — Quoi ! s'offusqua Bronia. Pardon ? Mais, euh… Cela ne vous regarde pas ! — Réponds à ma question et vite. — Il se pourrait bien que peut-être queeee… oui. » Elle arqua un sourcil avant d'ordonner : « Bouge pas d'ici. » Puis elle s'enfonça dans les ténèbres. La grotte se referma sur elle et des torches s'enflammèrent à son passage dans le long couloir qui déboucha sur un espace dédié à la sorcellerie. « Bonsoir, Kaliban. » Un étrange thérianthrope à la peau d'une blancheur maladive se dégageait de la pénombre qui régnait dans la pièce. « Cela faisait longtemps. Comment vas-tu depuis ? » Witch ignora sa question et posa à la place son contenant sur le plan de travail. « Des elfes lumineux, constata-t-il. Je devais justement refaire mon stock de papillons. » Il se retourna et eut l'air de chercher quelque chose dans ses tiroirs. Il en sortit cinq tubes fluorescents, autant que le nombre de papillons échangés. Il les lui tendit de ses doigts aux longs ongles crasseux et cassés.

La guerrière fit non de la tête. « Je préfère m'en r'mettre à Métamorphe. J'sais per... perta... perti... pertina... j'sais très bien que depuis qu'le nombre de grenouilles bleues a chuté, tu fais ces potions avec du sang d'enfants. — ... Comme tu voudras, dit-il en les rangeant, mais n'oublie pas qu'il ne reste que très peu de temps avant la prochaine pleine lune. — Par cont'e, j'veux bien un truc cont'e la douleur et des somnifères... forts si t'as », ajouta certaine la cliente. Kaliban esquissa un sourire et sortit d'une boîte métallique un flacon. « Merci. » Elle se retourna et voulut quitter cet endroit. « Attends, avant que tu ne partes, j'ai autre chose à te remettre pour un avenir proche. » Pressentant ce que « avenir proche » signifiait, elle voulut mettre les choses au clair : « Nan pas que j'doute de tes dons de... de... de quoi déjà ? — Devin. — Voilà. Nan pas que je doute de tes dons de devin, mais avoue qu'ils laissent à désirer. » Sans prendre en compte son discours, il lui tendit une boîte, en bois cette fois-ci. Elle l'entrouvrit pour examiner prudemment son contenu, probablement inquiète de ce que l'objet pouvait contenir, et jeta un regard interrogateur au marchand. « C'est quoi ç'tte merde ? — Tu en auras besoin, crois-moi, répondit-il sûr de lui. C'est un cadeau. — Mmh. Ton inhabituelle générosité m'terrifie », avoua-t-elle avant de ranger ce présent dans son sac. Un sourire peiné s'étira sur le visage du thérianthrope. « Auxdieux, dit-il calmement. — Ouais, c'est ça, à la prochaine », lui répondit-elle distraitement, sans se retourner. Quand elle eut disparu de son champ de vision, le thérianthrope retourna à ses occupations qui consistaient à présent à sécher sa nouvelle réserve d'elfes lumineux.

La terre trembla et la grotte laissa sortir de ses entrailles la jeune femme. « Pourquoi je… » Envisageant la question du jeune homme, la guerrière s'empressa de répondre : « J't'expliquerai plus tard. »

« Mange. — Qu'est-ce que c'est ? — Des baies. Mange. » Bronia saisit le bol que lui tendait Witch. Celle-ci s'installa comme à son habitude face à lui et sculptait une statuette en bois. Bronia dîna sans qu'un seul mot ne franchisse la barrière de ses lèvres. Avant d'éteindre le feu, Witch se mit des gouttes sur ses vieux cernes gonflés qui se lissèrent un peu.

Ils marchaient encore et toujours. Jamais ils ne cassaient le rythme. Marcher, dîner… ou pas, dormir, et ainsi de suite, et Bronia, depuis le premier jour, ne supportait pas cette cadence. Witch s'arrêta. « Quoi encore ? Qu'est-ce qu'on va encore faire ? Vous allez me planter là et aller bavarder avec des sirènes ou des cannibales mangeurs de vierges ? Attendez, j'ai pire ! Des nilâcs ? — Sois pas plus stupide que t'es déjà, les nilâcs sont pas dangereux. » Le feuillage des énormes buissons alentour se mit à trembler. Inquiet, Bronia ne savait plus à quel endroit poser son regard. « Oh, c'est que vous, lâcha la guerrière en desserrant le manche de ses hachettes. — Oui, ce n'est que nous », répondit tristement un vampire aux cheveux sombres. Il n'arrivait pas à la regarder dans les yeux. « Mais, qu'est-ce que vous faites là, Sisyphe, Anastasia ? — … On cherche encore un moyen… pour vaincre la malédiction. — Ah… Et Maman ? s'enquit la jeune femme. Elle va bien ? » Sisyphe avait ouvert la bouche pour répondre, mais la vampire au carré plongeant le devança : « Ne t'approche plus d'elle, tu lui causes trop de torts. De nous non plus, d'ailleurs. Puis, se tournant vers son frère, elle ajouta : Allez viens, Sisyphe, il faut qu'on y aille. — … Au revoir, Sélénée. Prends bien soin de toi », osa-t-il discrètement avant de rejoindre Anastasia qui avait disparu entre les arbres. « Vous allez bien ? » demanda le jeune homme qui avait assisté à toute la scène, mais au lieu de lui répondre, elle préféra reprendre silencieusement la marche. Comme un enfant, Bronia lui attrapa l'avant-bras, les yeux brillants, ravi d'avoir appris quelque chose de nouveau, et demanda : « Alors comme ça, vous vous appelez Sélénée ? » Et elle sourit. Finalement, la nuit était tombée avant qu'ils n'aient vraiment progressé depuis la rencontre avec la fratrie vampire, alors ils s'arrêtèrent pour faire un feu. Bronia se frottait désespérément les mains pour tenter vainement de les réchauffer tandis que Sélénée achevait de sculpter son étrange statuette. Au beau milieu de la nuit, Bronia ouvrit à demi l'œil et la surprit en train de tourner autour du feu de camp. En son centre, la statuette en bois était très lentement consumée par les flammes. La jeune femme murmurait d'étranges incantations. Le dormeur à moitié réveillé ne fit pas réellement attention à ce qu'il venait de voir et retomba dans un profond sommeil.

Marie s'était réveillée dans l'herbe humide du petit matin. Elle était frigorifiée et la tête lui tournait. Elle se leva et dut se rattraper de nombreuses fois aux prises plus ou moins hautes et plus ou moins stables qui l'entouraient. Elle souffla. L'air glacé lui piquait les narines et torturait ses poumons. Malgré ces nombreuses difficultés, la brunette continua d'avancer, à moitié assommée et les yeux mi-clos. Pourquoi se trouvait-elle là ? Une silhouette masculine vint s'offrir à sa vue comme une bénédiction. Dans son état, elle ne s'attendait pas à tomber sur un énergumène et ne pensa pas à se méfier. À bout de souffle et se croyant enfin en sécurité, elle se laissa choir. Lycaon Gévaudan, le chef de la garde royal, après l'avoir étudiée du regard, lui donna un coup de pied au ventre. Marie se recroquevilla sous la douleur, pourtant, il n'y avait pas mis toute sa force. Avec son pied, il dégagea la masse de cheveux qui couvrait son visage. Il fronça les sourcils, se pencha et lui agrippa les cheveux pour la forcer à placer son visage face au sien. Le garde la reconnut, ou du moins, il lui semblait la reconnaître. Il la lâcha pour finalement lui attraper le bras, la soulever et la porter sur ses épaules.

« Coucou ! » Ce mot était sorti de la bouche délicate d'une adolescente capée de rouge. Celle-ci passa devant Sélénée en tournant sur elle-même. « Salut, Rouge-Gorge, répondit-elle, tu vas où comme ça ? — Vaquer à mes occupations, répliqua malicieusement la fillette d'un mètre et demi. — Prudence, hein ? — Oui, oui ! » Et la gamine disparut comme elle était arrivée. Sélénée sourit. Rouge-Gorge continuait à gambader joyeusement, sa sacoche maintenue contre sa hanche par sa fine main ferme.

Malheureusement, même les plus belles choses du monde se risquent à une fin tragique.

Sélénée et Bronia continuaient d'avancer, mais une voix perçante les arrêta. « Tiens, mais voilà la traîtresse. Comment ça va depuis tout ce temps, ma belle ? » Cheveux bouclés et mal coiffés, regard assassin, dents pointues, émanation puissante de rage. Bronia, qui est malgré tout un minimum futé, comprit que malgré ce « ma belle », cette femme féroce était loin, très loin, d'être l'amie de Sélénée. Blondie machait vulgairement en défiant du regard la guerrière qui ne baissait pas les yeux. La femme aux cheveux emmêlés rompit l'intense contact visuel tissé entre les deux femmes en crachant un morceau d'étoffe bordeaux. Reconnaissant le tissu, la guerrière perdit son sang-froid et cria presque : « T'as fait quoi, putain ? » Son cœur s'emballait et ses yeux commençaient à être envahis par les larmes. « Disons que quelque chose m'est passé sous la dent, sourit Blondie. Il faut savoir accepter sa véritable nature », ajouta-t-elle comme pique. Les lèvres abîmées de la jeune femme tremblèrent. Elle porta une main à sa ceinture. « Crève ! » Avant qu'elle n'ait eu le temps de faire quoi que ce soit, une flèche se logea près de la pomme d'Adam de Blondie, un jet de sang en gicla. Le liquide rouge envahit sa bouche et elle s'étouffa avec. La hachette de Sélénée tomba par terre. Bronia se retourna tandis que la jeune femme restait glacée sur place, le bras tremblant. Elle baissa lentement son bras et rabattit sa main sur ses lèvres pour tenter de cacher ses gémissements. Une, puis deux, puis un certain nombre de larmes coulèrent sur ses joues avant de s'écraser sur le sol. Une touffe d'herbe s'assécha. Les tremblements de son corps étaient moins visibles, et elle essuya maladroitement son visage. Elle se retourna et de la lumière réapparut sur celui-ci : Rouge-Gorge était en vie. Elle voulut sauter au cou de Sélénée, mais le bras ferme d'un Chasseur la retenait tandis que sa consœur tenait toujours la guerrière en joue. C'était elle qui avait tiré. Tous deux étaient vêtus de vert, une bande plus claire décorait le col et le bas du vêtement. Un pantalon foncé moulait leurs jambes. Le haut de l'homme s'arrêtait à hauteur mi-cuisse avec une ouverture de chaque côté, partant des hanches, et une ceinture à la taille. La femme portait une robe avec deux ouvertures devant, des cuisses jusqu'en dessous des genoux, et un corset brun retenait sa poitrine. Ils portaient chacun les mêmes bottes confortables et élégantes. La communauté des Chasseurs n'avait pas toujours arboré un tel uniforme. Chose étonnante, au contact du froid frigorifiant, il se teignait en blanc et bleu clair. Une main se posa sur l'arbalète et l'abaissa. « C'est bon, déclara le Chasseur. La gamine a dit qu'elle était avec eux. — Et son ami ? » questionna la Chasseresse en changeant de cible. L'homme vêtu de vert regarda la gamine en question qui hocha négativement la tête. Il la relâcha après avoir déclaré : « C'est bon, lui aussi est inoffensif. » Il libéra l'adolescente qui retrouva les bras de Sélénée qui examina le visage de Rouge-Gorge sous tous les angles. « Ça va ? T'as rien ? Qu'est-ce qui s'est passé ? — C'est bon, lâche-moi. Je vais bien, ne t'inquiète pas. » La guerrière fronça des sourcils quand elle vit l'état de sa cape. « Je vais bien, te dis-je. J'ai grimpé aux arbres comme tu me l'as appris puis je suis allée chercher de l'aide et je suis tombée sur eux. Désolée, ajouta la gamine tout bas, je n'aurais peut-être pas dû. — Nan, c'est très bien. » Bronia observait leur échange, mais n'y prit pas part. « Il se fait tard, peut-être serait-il préférable que nous la raccompagnions, proposa le Chasseur. — Nan ! » Sélénée avait caché derrière elle la petite. « Nan, c'est bon. Mais… c'est gentil de proposer », se corrigea-t-elle. L'homme fronça les sourcils et la Chasseresse remit discrètement son index sur la gâchette de son arme. « Ce qu'elle veut dire, intervint Bronia, c'est qu'elles se connaissent bien et seraient toutes deux plus rassurées si c'était

Sélénée qui raccompagnait Rouge-... G-gorge ?... » Le jeune homme pressait ses lèvres l'une contre l'autre, paniquant à l'idée de s'être trompé dans le prénom de l'adolescente. Le Chasseur jeta un coup d'œil à sa consœur qui lui fit comprendre qu'ils s'étaient inquiétés pour rien. Elle enclencha la sécurité de son arme et s'avança pour serrer la main des trois individus comme le veut la tradition de chez eux. La guerrière regarda cette main sans bouger. La gamine se dégagea de l'emprise exercée sur elle et ses vêtements que sa protectrice agrippait nerveusement pour prendre cette main malgré sa propre réticence. Cette poignée était comme la propriétaire de la main calleuse : froide et distante. Mal à l'aise et hypnotisée à la fois, Rouge-Gorge ne sut quand et comment rompre ce contact désagréable. La femme à l'arbalète, lassée, finit par y mettre fin de façon impolie et dédaigneuse. Bronia imita l'adolescente et saisit cette main avant que la Chasseresse ne la lui montre. Le jeune homme la serra et l'agita vigoureusement. La femme glaciale arracha sa main des siennes et se retourna pour voir son confrère. « C'est bon, on peut y aller. » Il se risqua un dernier coup d'œil aux trois individus, mais ne s'attarda pas de peur de perdre sa consœur. Bronia suivit la guerrière et l'adolescente qui rentrait chez elle tout en réfléchissant à propos de cette étrange bague que portaient les deux Chasseurs sur laquelle était montée une énorme pierre rouge dont se reflétait un aspect inquiétant.

Ils étaient arrivés à la solitaire maison au toit en chaume. Rouge-Gorge avait poussé la porte grinçante et s'était empressée d'allumer des bougies pour combattre l'obscurité des lieux. Elle avait insisté pour que Bronia et Sélénée restent avec elle encore un peu. « Attends, reste là », désigna à la jeune femme l'adolescente qui avait retiré sa cape rouge et qui avait quitté la cuisine pour revenir avec son nécessaire à couture. Elle l'avait brandi fièrement et avait forcé la guerrière à tendre son bras recouvert d'un bandage blanc. Elle rabattit la manche dessus et, après avoir préparé une aiguille, commença à refermer les fentes du tissu avec application. Pendant ce temps, le jeune homme profita du confort de l'habitation pour faire ses besoins dans de vraies toilettes. Se doutant qu'aucune des deux ne se soucierait du temps qu'il prendrait pour revenir, il se décida à faire un petit tour. Parcourant le couloir principal dans lequel un tapis de la même couleur que la cape de la jeune fille en recouvrait le sol, il compta trois chambres, l'une était plus grande que les autres avec un lit à deux places. De nombreux cadres argentés qui montraient les croquis d'un homme barbu étaient disposés sur chaque meuble, de la cheminée à la table de nuit, ne laissant plus aucune place de libre. Bronia ne resta pas longtemps dans la deuxième chambre, la plus petite. Quand le jeune homme ouvrit la porte de la troisième, il ne sut pourquoi, mais un étrange frisson le parcourut tout entier. La chambre était froide, pas comme les autres où allumer un simple feu aurait suffi à réchauffer l'atmosphère. Non, celle-ci détenait quelque chose de désagréable. Beaucoup de choses étaient désordonnées, à commencer par les livres. Ils avaient été retirés de la bibliothèque, jetés probablement sur le lit, certains étaient fermés, d'autres éventrés, des pages déchirées, des notes coincées entre des rectos et des versos, d'autres éparpillées. Étaient entourés des centaines de fois les extraits d'un livre : « C'est après cette expérience qui aurait mal tourné que les premières traces de zoanthropie auraient été enregistrées » et « Les dieux les auraient alors, dans leur grande bonté, comptés parmi les créatures de la Nuit ». À côté avait été ajouté à la main avec une calligraphie jeune et posée : « possibilité de remède ? » Des objets traînaient partout sur le bureau, des herbes, des capteurs d'énergie, des catalyseurs… Sur le mur, des feuilles avaient été cloutées. On pouvait facilement remarquer l'écriture rapide et crispée, les lettres déformées et les mots qui avaient coûté à son auteur pour les coucher sur le papier. Ces phrases ne faisaient aucunement référence à des formules ou à de quelconques espèces de grands mystères, mais plus à une sorte d'exutoire, de repentir ou de simple journal intime peu développé. Il ne put s'empêcher de palper le papier gondolé et d'appuyer avec son doigt sur certains mots. Il parvint à en déchiffrer seulement quelques-uns sans en comprendre le sens global. Tout à coup, alors que son index appuyait sur un ensemble de nouvelles lettres tracées à l'encre noire, le jeune homme sentit son cœur se compresser dans sa poitrine sans en comprendre la raison. Pris d'effroi, il s'en détacha, le bras tremblant, quitta cette chambre inhospitalière comme un criminel et se dépêcha de retrouver les deux autres. Rouge-Gorge avait presque fini son travail et l'acheva en coupant le fil qui dépassait avec une paire de petits ciseaux. Sélénée examina le nouvel état de sa manche. « Merci. » Elle voulut se lever pour se préparer à repartir, mais la jeune fille l'arrêta. « Tu es sûre de ne pas vouloir rester dormir ? Je pourrais te préparer ma chambre pour toi et celle de Maman pour ton ami. Je dormirai dans la chambre de mon frère si tu veux. — C'est très gentil, Rouge, mais… laissa en suspens la femme aux yeux bleus, tu sais que c'est compliqué. —

Maman ne rentre pas avant deux jours et tu ne la dérangerais pas de toute façon. » Sentant un deuxième refus arrivé, elle la devança : « À quand remonte ta dernière vraie nuit de sommeil, tes cernes sont énormes ? — Et bah… — Dormir dans les bois ne compte pas », la coupa-t-elle. La jeune femme n'essaya pas de répondre et se contenta de la regarder. « Si c'est à cause de ce qu'il s'est passé, sache que ni Maman ni moi ne pouvons choisir entre lui et toi. Ce qu'il a fait, il l'a fait pour nous, et puis, c'est mon frère. — J'ai… je n'ai jamais demandé que vous choisissez… choisissiez entre moi et lui. — C'est peut-être ce que tu crois… » Les deux amies se regardèrent, l'une avait le regard triste, l'autre n'essaya pas de montrer ce qu'elle ressentait. Quand Bronia et Sélénée quittèrent la chaumière d'où la fumée d'un feu naissant s'échappait par l'une des nombreuses cheminées, la jeune femme s'excusa auprès du jeune homme pour le temps perdu dans la recherche de son amie. Il ne lui en tint pas rigueur, mais aurait apprécié dormir dans un vrai lit juste pour une soirée au lieu de retrouver cet habituel feu de camp et ce matelas dur.

Marie était seule, totalement perdue au milieu de nulle part. Là où elle se trouvait, il faisait sombre, mais encore jour. Ses joues étaient creusées par la faim, son corps gelé par le froid, son teint terni par l'absence de lumière, ses cheveux encore plus frisés que d'habitude à cause de l'humidité. Complètement déboussolée, elle chancelait et peinait à tenir sur ses deux jambes. Alors que des nuages de brume se formaient derrière elle, elle tourna les épaules et aperçut une Gardienne. Terrifiée, elle prit ses jambes à son cou. Marie perdait son souffle et ne pouvait s'empêcher de regarder derrière elle. La créature aux oreilles en forme de nageoires et au corps recouvert d'écailles blanches multipliant les reflets violets semblait ne pas l'avoir suivie. Ne prêtant pas attention à ce qu'elle faisait, la jeune femme fonça dans un arbre. Son nez saignait abondamment quand elle se détacha du bouleau verruqueux. Elle porta sa main à sa blessure avant de s'apercevoir qu'une Gardienne se dressait juste devant elle. La créature sourit de ses dents pointues. Marie voulut crier. Le monstre, car cela ressemblait pour les humains à un monstre, leva son bras difforme et, de ses longues griffes roses, trancha la gorge de la jeune femme. Bronia se réveilla en sueur. Il s'étouffait, n'arrivait plus à respirer. Des larmes inondaient ses joues, de la morve rentrait dans sa bouche. Il toussa pour la recracher. Il continuait à respirer bruyamment. Le jeune homme compressa ses mains sur sa poitrine et commença à tapoter son torse pour se calmer.

Un poids tomba sur la guerrière. Elle paniqua et dégaina son couteau. Elle fut surprise de ce qu'elle vit. « On y va », ordonna Bronia. La jeune femme regarda son sac à dos couché par terre. C'était ce qui lui était tombé dessus. Elle replaça son couteau à sa ceinture. « Et tu comptes t'y prendre comment si tu connais pas l'chemin ? — Pas d'inquiétude, puisque vous allez me le montrer. » Peu convaincue, la guerrière se rallongea, mais rouvrit un œil par précaution. Il s'en allait, ce gredin ! Elle referma son œil. Il allait revenir de toute façon. Il reviendrait. Elle rouvrit un œil. Il ne revenait pas. « Et merde. » Elle se redressa. « Attends-moi ! » La guerrière se dépêcha de refermer les lacets de son bandage en cuir. « Merde. » Elle se démena pour nouer un nœud qui tiendrait, se leva, prit son sac à dos et s'élança pour retrouver cet idiot.

« C'est pas là, c'est par là-bas. — Vous en êtes sûre ? — Fais-moi confiance, crétin. Je suis fatiguée. » Moment de silence, de profond silence. Pour une fois, le silence mit mal à l'aise Sélénée. « Pourquoi ? — Pourquoi quoi ? — Pourquoi d'un seul coup tu décides, au beau milieu d'la nuit, de partir ? » Pause. Hésitation. Pincement des lèvres de Bronia. « Chaque seconde compte. … Je ne veux pas… je refuse que quelque chose d'horrible arrive à Marie à cause de ma paresse. … Non… ce serait trop dur… » Gêne. Sélénée, qui marchait désormais à une distance d'un demi-pas derrière le jeune homme, posa son regard au sol. *Je n'aurais peut-être pas dû dire cela,* s'autoflagella Bronia. Il se gratta l'arrière du crâne, cherchant de nouveaux mots pour effacer ses précédents. « Je comprends », finit par souffler Sélénée. Bronia leva les yeux vers elle. « Encore une fois, je suis désolée pour le temps perdu. » Plus embarrassé que jamais, le jeune homme changea de sujet : « V-votre jargon s'est amélioré. — Mon… jargon ? ne comprit pas vraiment la guerrière. — Oui… votre façon de vous exprimer. Vous bégayez moins. Vous trouvez mieux vos mots. » Susceptible, elle se vexa : « Tu racontes n'importe quoi ! » et doubla le pas.

« Il s'fait tard. Il faut qu'on dorme, insista la guerrière. — Pas avant d'avoir trouvé Marie, répondit fermement Bronia. — Si nous ne dormons pas, avec le rythme de nos journées éprouvantes et l'absence de repas répété, on va mettre notre santé en danger ! » Bronia la regarda avec un air de défi et accéléra la cadence. Avec la détermination exécrable du jeune homme, ils finirent par arriver devant les bois de saules pleureurs et le traverser. Le plus grand des saules pleureurs se tenait à l'écart des autres, dressé sur une petite colline. De fins moucherons bleus jouaient à chat-cache-cache entre les feuilles. Les lèvres de Sélénée se pincèrent en un mince sourire. Elle se dirigea vers cet arbre-là. Le jeune homme se stoppa devant la beauté du paysage, puis se relia à la réalité, secoua la tête et la rejoignit. La jeune femme écarta le rideau de branches, le tint pour son compagnon de route, et entra sous l'arbre. Elle se dirigea vers le centre. « Qu'est-ce qu'on fait maintenant ? » demanda Bronia. La guerrière s'assit contre le tronc de l'arbre et patienta. De petites créatures bleues constituées d'une tête ronde et de trois autres petites extrémités en forme de boudin sortirent des branches et se dirigèrent vers eux. « Des nilâcs », répondit Sélénée à une question que Bronia n'avait pas encore posée. Les nilâcs en question se déplaçaient dans les aires en écartant puis en ramenant leurs appendices ensemble. Beaucoup recouvrirent Sélénée comme l'aurait fait une couverture douillette. Bronia admira la scène attendrissante avant que des nilâcs ne s'en prennent à lui, d'abord en se posant sur sa tête, puis sur ses épaules. Il tomba de sommeil et, pour qu'il ne se blesse pas, deux de ces mignonnes petites créatures parfaitement inoffensives se placèrent au niveau de son dos et le posèrent doucement au sol.

Sélénée se réveilla d'une longue nuit de sommeil. Il était déjà tard. Tous les petits nilâcs s'étaient évaporés. Elle se leva et se gratta le crâne, encore un peu assommée par la fatigue. Soudain, un élément lui sauta aux yeux : Bronia n'était plus là. Elle commença à paniquer. Il n'avait pas pu aller bien loin. Il ne connaissait pas le fonctionnement de cet écosystème. Il était foutu. Le bruit de frottement des feuilles fit se retourner la jeune femme. Bronia apparut, l'air tranquille. « T'étais où, putain ? le réprimanda-t-elle d'une tape sur l'épaule. — Faire pipi. — T'aurais pu m'prévenir ! — Je voulais pas vous réveiller, lui expliqua-t-il timidement. — Et bah, t'aurais dû. » Bronia fut d'abord peiné de lui avoir causé du tort, puis il sourit. « Vous vous inquiétiez pour moi ? — Pas du tout ! Tu racontes n'importe quoi, démentit la guerrière. Faut qu'on s'dépêche de partir, c'est tout. »

Vers le milieu de l'après-midi, la jeune femme s'arrêta brusquement. « Qu'est-ce qui va pas ? » s'inquiéta Bronia. Elle se détacha de l'arbre sur lequel elle s'était appuyée, mais un son aigu lui transperça à nouveau les tympans, l'obligeant à reprendre appui. « Je peux faire quelque chose ? — Mon sac... répondit-elle en écrasant sa main contre son oreille. Le flacon indigo… » Le jeune homme se dépêcha d'ouvrir la besace faite en cuir de sanglier et de trouver la potion dont elle avait besoin. Il en dévissa le couvercle, mais avant de pouvoir le lui tendre, Sélénée lui arracha des mains la pipette. Elle déposa deux gouttes dans chacune de ses oreilles et se calma. « Ça va mieux, Sélénée ? — Ouais... ça va. » Elle prit le récipient des mains de son compagnon de route et le rangea. Elle se détacha de l'arbre et bien droite lança presque sûre d'elle : « Allez, on avance. »

La nuit était sombre. Aucune étoile ne venait égayer l'atmosphère. « Vous êtes sûre que c'est une bonne idée ? demanda Bronia tandis que Sélénée lui faisait la courte échelle. — Mais oui, c'est mieux de dormir en hauteur, j'le fais tout le temps. En plus, cet arbre est facile à escalader, tu risques pas trop de mourir. » Cette dernière phrase ne réussit pas à convaincre le jeune homme qui faillit s'étrangler avec sa salive à cause du vertige. « Tu fais trop de bruit, arrête de tousser ! » s'exaspéra la jeune femme. Une fois qu'ils furent arrivés dans la partie supérieure du chêne, elle fit asseoir Bronia sur l'une des branches. « Nan. Mets tes jambes des deux côtés. Voilà, comme ça », corrigea-t-elle en les déplaçant elle-même. Le jeune homme se laissa manipuler. « J'ai peur que mes chaussures tombent dans le vide, lui expliqua-t-il. — Et bah, si elles tombent, on les récupérera demain, hein ? Enfin, si elles sont encore là. » Elle sortit une corde de son sac, la passa en dessous de la taille, au commencement des jambes du jeune homme, l'attacha autour de la branche et serra fort. Bronia grimaça. Elle fit mine de ne pas avoir remarqué, mais ne put s'empêcher de souffler tout bas : « Désolée. » Elle se redressa et sortit une autre corde de son sac. *Elle transporte combien de trucs dedans ?* s'interrogea Bronia. « Lève les bras. » Il hésita. Il tremblait. *Je ne vais pas tomber. Je ne vais pas tomber.* « Lève les bras », insista Sélénée. Il en leva un et en même temps baissa une paupière. Elle passa la corde sans ménagement et elle n'attendit pas qu'il daigne lever le deuxième bras pour la passer à nouveau en dessous. Elle passa de l'autre côté du tronc, son sac sur son torse, s'installa sur la branche opposée à la sienne et attrapa l'autre bout de la corde qui servait de sécurité. Elle la serra sous sa poitrine et sur sa besace jusqu'à en avoir mal. La guerrière n'avait pas attaché ses jambes à la branche. Il faut croire que son sac ne contenait pas tout. Il n'y avait pas à s'inquiéter, elle en avait l'habitude. La jeune femme ferma les yeux puis les rouvrit pour chercher quelque chose dans son sac. Une demi-lune ressortait sur le voile sombre du ciel. Entendant du mouvement, Bronia osa élever la voix : « C'est beau n'est-ce pas, la lune j'entends ? — Mmh. Je préfère quand on ne la voit pas. » Hésitation. « Qu'est-ce qui vous est arrivé tout à l'heure ? osa questionner Bronia. — Tu l'as dit toi-même, elle trouva enfin ce qu'elle cherchait, je suis lunatique », répondit-elle comme si c'était une évidence. Elle voulut boire dans sa gourde qui contenait autre chose que de l'eau, mais elle était déjà vide. Elle la secoua, déçue, puis résignée, la rangea. Pendant la nuit, la guerrière rêva de Parfumeuses, ces fleurs étranges qu'elle souhaitait recroiser. Dans cette famille de plantes, on retrouvait les odorantes, les narcotiques et ses préférées, les buveuses. En réalité, les buveuses étaient les seules qui trouvaient grâce à ses yeux. Les autres, elle ne les avait jamais touchées et s'en méfiait même. Le lendemain matin, quand Sélénée avait détaché Bronia de l'arbre et qu'il retrouva la terre ferme, elle n'eut pas le temps de lui demander ce qu'il avait pensé de cette expérience qu'il vomit. Elle tiqua de dégoût.

Les deux rois sortaient des cachots quand leur première prisonnière cracha sur l'Aîné. Celui-ci se stoppa et son frère suivit le mouvement. Il s'approcha des barreaux derrière lesquels se trouvait une femme aux cheveux couleur charbon en train de sourire. Était-elle folle ? Il passa sa main à travers les barreaux sales, attrapa sa chevelure et la força à écraser son visage contre les barres en fer. Ce fut son tour d'esquisser un sourire sadique tandis qu'il observait sa figure. « Père avait raison : tu es bien une sorcière, ton corps en est la preuve. Il aurait fallu te brûler plus tôt, pour le bien de tous. » Elle commençait à se secouer. « Ce sera fabuleux, continua-t-il. Tout le village sera convié au spectacle, tu leur serviras d'exemple. » La femme au corps de cheval encore incomplet réussit finalement à articuler : « Es-tu à ce point fou pour oublier qu'il n'y a plus personne ? » Le sourire de l'Aîné s'éteignit soudainement. Il la libéra de sa prise. Déséquilibrée, elle tomba au fond de la cellule dont le sol était en pente.

Marie grelottait. Elle avait recouvert la raison même si, à certains moments, elle la perdait à nouveau. Mais parfois, il est préférable d'être dans le flou.

Plus tard, l'un des deux frères, le Cadet, descendait les escaliers menant aux cachots. Avec une sale intention, il se dirigea vers celui du fond. La thérianthrope ne remarquait rien, dormant trop profondément pour se rendre compte de quoi que ce soit. Le Cadet fixait avec appétit la brunette. Il s'humecta les lèvres et ouvrit la porte de sa cellule à l'aide de son gros trousseau de clefs. Il pénétra à l'intérieur. La Marie dont il s'approchait était toute tremblante de peur. Elle était vêtue d'un fin gilet et d'un short kaki. Le Cadet s'accroupit et commença à lui caresser les cuisses. La peur de la brunette qui auparavant la faisait trembler la pétrifiait à présent. Elle formait une boule dans sa poitrine qui se répandait dans tout son corps, lui tordant le ventre. Satisfait de son manque de réaction, il posa ses mains sur ses hanches et commença à les remonter sous son haut. Il jouissait, pas encore physiquement, mais intérieurement, elle le sentait, elle le savait. De l'autre côté des geôles, une douleur fulgurante transperça l'âme de la quasi-centaure, la tirant de son sommeil. Elle se mit à hurler, à pleurer, à reprendre lamentablement son souffle en s'étouffant à moitié, à couiner comme un animal blessé. Sa souffrance dissimula le bruit des pas qui approchaient. Quant à Marie, elle n'était plus vraiment là, mais ailleurs. Elle s'était enfuie pendant que son corps continuait à subir le second roi. Lui, lui baisait la joue et lui léchait le cou. Il voulut aller plus loin, mais quand il s'y apprêtait, tout devint noir pour lui. Son corps s'écrasa sur celui de la pauvre Marie.

« Vous me dégoûtez, mon frère. » Les flammes aux reflets orangés prêtaient des traits inquiétants au premier né des deux rois. Il ranima le feu une énième fois. Le petit frère restait en arrière, son carré blond masquant son visage penché en avant. « Songez que si la sorcière n'avait pas braillé de la sorte, vous… — Pourquoi seriez-vous le seul à prendre du plaisir avec les prisonniers ? » questionna hargneusement le Cadet. L'Aîné se tourna vers lui. « Vous auriez forniqué avec sa fille ? — Sans aucun regret. » Il reçut un soufflet. Le Cadet se tint la joue rougie. L'Aîné retourna près du feu. *Elle est comme son père, de toute façon : faible et lâche. Je préfère celles qu'il faut dompter,* se dit le blond. « Que comptez-vous faire d'elle ? s'enquit-il de savoir après avoir eu ces pensées plus qu'abjectes. — Si ma très chère nièce se refuse à parler, faisons en sorte qu'elle ne parle plus jamais. » Le reflet de la dague manipulée par son frère l'éblouit un court instant.

La thérianthrope, qui avait enfin achevé sa transformation totale en centaure, s'était déjà échappée des années auparavant de ces sinistres cachots et comptait bien réinitier l'expérience malgré les difficultés grandissantes. Elle patientait. Elle attendait le bon moment. Plusieurs mois qu'elle était enfermée là, plusieurs mois qu'elle avait élaboré un plan pour s'en sortir. S'en sortir ou probablement mourir du typhus. Quelle joyeuse perspective ! L'Aîné passa devant sa geôle en essuyant sa lame. Son mouchoir blanc se tachait de rouge. Dans moins d'une heure, ce rouge deviendrait du marron. La thérianthrope se doutait de ce qui avait bien pu se passer. Elle ne connaissait que trop bien la violence et l'impitoyabilité de leurs ravisseurs. Elle avait entendu ce qui avait semblé être des cris. Peut-être une hallucination auditive ou peut-être simplement les siens. C'était plausible. Après tout, elle avait eu mal, tellement mal, et elle continuait de souffrir encore un peu, mais ça ne durerait plus très longtemps. Le roi lâcha dans la main tendue du minable jobard qui lui servait de garde le trousseau de clefs pour s'en débarrasser, puis il dégagea de cet endroit infect. La centaure en profita pour grogner puis pousser des râles. Cette fois-ci, elle les simulait, et pour que le premier roi ne redescende pas, elle ne les poussait pas trop fort. Le misérable gringalet se contentait de lever les yeux au ciel. Exaspérée, elle s'adressa directement à lui : « Eh, toi ! Ne vois-tu pas que je souffre ? — C'est que… — C'est que quoi ? N'as-tu pas compris quel était le sang qui coule dans mes veines ? Es-tu suffisamment idiot pour ne pas comprendre que s'ils me gardent enfermée ici depuis plusieurs mois, c'est qu'il doit bien y avoir une raison ? — Je… — Tu n'y as même pas pensé, avoue. Ou peut-être est-ce la mort que tu désires… après plusieurs longs jours d'agonie, bien sûr. Bonne chance pour les supporter. » Sur ce, elle lui tourna le dos. Le garde commença à paniquer. De grosses gouttes de sueur prirent forme sur son front. « Attends… attends, je vais t'aider. — Et tu oses me tutoyer de surcroît. — Excusez-moi. Je vous en prie, dépêchez-vous. — Bon, si tu insistes. » Elle se tourna vers lui et s'approcha des barreaux. « Où avez-vous mal ? — J'ai mal là, non là. — Je ne vois rien. — Tu m'étonnes », souffla-t-elle. La centaure glissa sa main à travers les barres de métal froid et attrapa les clefs. Dès l'instant où il s'en rendit compte, elle l'attrapa par sa veste et le cogna plusieurs fois, avec une brutalité sordide, contre les barreaux. Il fallut qu'elle le lâche au bout d'un certain temps. Son corps tomba pitoyablement contre le sol, son visage était en sang. En s'ouvrant, la porte de sa cellule vint l'écarter de son chemin. Avec un certain mépris, elle ne put s'empêcher de lui donner un petit coup de sabot. Le mouvement se répandit dans toute sa chair molle, passant par ses nerfs, comme une vague. « Peuh ! » La centaure claqua la porte. Elle redressa la tête et se dirigea vers l'endroit le plus obscur des cachots. « Elfina, c'est toi ? Elfina ? » Un bruit confirma qu'elle venait d'ouvrir la porte. « Elfina ? » Les contours ressortirent mieux. « El... Mais... tu n'es pas Elfina. »

Marie émergea de l'obscurité. Ses cheveux lui fouettaient le visage. L'air qui lui rentrait dans les yeux lui faisait monter les larmes. Une horrible douleur était répandue depuis sa bouche jusque dans sa gorge. Puis une douleur infiniment plus grande monta d'un coup. Elle se mit à pleurer et à brailler en s'accrochant fermement aux poils sombres sur lesquels elle était couchée, jusqu'à en torturer la créature.

Perturbée, Sélénée s'arrêta. Bronia, qui l'avait dépassée, se tourna vers elle. « Ça ne va pas ? » Les yeux de la guerrière n'arrivaient pas à se fixer, ils bougeaient dans tous les sens. « Quelque chose est en train de changer... Attendons un peu. — Mais Marie... — Attendons un peu ! cracha-t-elle en haussant brusquement la voix, puis, se reprenant, elle ajouta : Fais-moi confiance. Faisons une pause. Profitons-en pour manger. » Bronia souffla, inquiet.

Marie était installée au coin du feu, bientôt rejointe par la centaure. La créature mi-femme mi-cheval s'assit enfin, après maints essais infructueux, près de la jeune femme. « Je n'en ai pas encore l'habitude », rit-elle presque. Silence... prolongé. Elle observa la nouvelle arrivée. Elle était recroquevillée sur elle-même, ses bras enlaçant ses jambes, sa tête reposant sur ses genoux. À sa droite étaient pliés les vêtements kaki. Quand la thérianthrope eut fini de l'étudier, elle se racla la gorge pour se donner une voix plus douce. « Tu t'es changée. » Il y eut un autre silence. « C'étaient mes vêtements préférés » écrit au sol avec un rameau la brunette. Sans quitter les flammes des yeux, elle les saisit et les posa dans le feu. Les regardant brûler, elle sanglota. La centaure se rapprocha d'elle du mieux qu'elle le put. Elle passa un bras autour de ses épaules et la serra fort. « Chhh... Ça va aller. Ça va aller. »

Sélénée était concentrée. Assise, les jambes en tailleur, les mains posées dessus, le visage neutre, presque constipé, elle fixait un point dans le vide. Bronia, ahuri, ne cessait de lui jeter des coups d'œil. Soudainement, elle lâcha la

pression et se releva. « On y va, déclara-t-elle.
— Quoi, maintenant ? — Oui, maintenant. » Le
jeune homme se leva à son tour, étonné qu'elle ait
imposé d'attendre jusqu'à la venue du crépuscule.
« On dormira moins cette nuit », ajouta-t-elle à son
attention.

La guerrière observait son compagnon de
voyage dormir. S'il avait sombré aussi rapidement,
c'est sûrement qu'il ne pouvait supporter l'attente
de retrouver son amie et la peur de ne jamais le
pouvoir. La jeune femme porta à ses lèvres la
gourde marron avant de se rappeler qu'elle ne
contenait plus que du vide. Elle était calme...
jusqu'à ce qu'une douleur la frappe comme un
éclair. Elle se tint la tête entre ses deux mains au
point de s'arracher quelques cheveux gris. Une
seconde douleur l'atteignit : ses dents. Cela la
torturait comme si quelqu'un était en train de les lui
arracher. L'une de ses mains se rapprocha de sa
bouche et les doigts de cette main vinrent se loger
entre les deux rangées de rectangles blancs. Elle
saigna. Il fallait qu'elle arrête sinon il ne lui resterait
plus aucun doigt à sa main droite. Elle risquait
également de s'étouffer avec tout ce sang. En
fouillant dans son sac, elle trouva sa fiole
contenant la solution anti-douleur. Avec beaucoup
de difficultés, elle retira ses doigts tremblants de

sa bouche. D'un seul coup, elle cracha le sang qui s'y trouvait. Sans hésitation, elle prit plusieurs gorgées de potion avant de les recracher pour ne pas les avaler. Avec le peu de force qui lui resta, elle soigna ses doigts avec son remède cicatrisant. Épuisée, elle s'écroula.

Bronia ne s'était réveillé ni tôt ni tard ce matin-là. Voyant que la guerrière dormait toujours, il en profita pour chercher de la nourriture pour une fois. Il était sûr de trouver quelques fruits dans le coin. Il laissa alors la jeune femme se reposer. Quand celle-ci se réveilla, nauséeuse et sonnée, elle s'alarma en repensant au sang séché qu'elle avait sur les mains, sur le menton et à la flaque mélangée à la terre. Elle vit le jeune homme s'approcher et le stoppa net en l'agressant presque : « T'as touché à mon sang ? — Pardon ? Réponds : est-ce que tu as touché à mon sang ? — Euh, non. Non, non. » Il remarqua enfin les traces du liquide séché et s'inquiéta sans oser lui dire quoi que ce soit. « Bien, c'est très bien. Il faut pas y toucher. » Elle ferma les yeux après avoir prêté attention aux fruits qu'il tenait précieusement entre ses mains. « Ces mûres, ce sont bien celles qui poussent sur de longues tiges bien droites et qui sont entourées par des feuilles ? » Bronia hocha la tête. « Ce sont des mûres guérisseuses, on ne peut pas les manger comme ça. Néan... Néanmoins, c'est une bonne chose d'en avoir en réserve. » Elle continuait à se tenir la tête en laissant son compagnon de route ranger les mets délicatement dans la gourde marron et tant pis si un petit goût sucré supplémentaire les imbibait. Ils s'étaient remis en route, lentement au début, le temps que Sélénée récupère. Elle avait maintes fois rassuré Bronia en lui promettant que son amie était toujours en vie, qu'elle était en sécurité. Il remettait souvent sa parole en doute, lui demandant comment elle pouvait le savoir, ce à quoi elle répondait : « Je sais, c'est tout. Fais-moi confiance. »

Ils passèrent devant un tronc d'arbre dont s'échappaient des centaines de milliers de chuchotements. La guerrière expliqua au jeune homme que ce morceau d'arbre s'appelait le Murmureur et que, ironiquement, le bois sombre dans lequel il se trouvait avait été surnommé le silencieux. « Il est dit que c'est la Grande Prêtresse Issaïa qui l'aurait enchanté en commençant à perdre la raison. » Elle termina son explication quand un mélange entre un cri et un chant féminin traversa les tympans des deux compagnons. Le sang de Bronia se figea. « Merde », souffla la guerrière. Sélénée se reprit avant de lui lancer : « Suis-moi. » L'inquiétude montant en lui, Bronia se mit à regarder de tous les côtés. « Dépêche ! » Il la suivit dans une course effrénée. Ils quittèrent le silencieux pour gagner un autre bois. Devant un arbre qui était pour Bronia tout à fait similaire aux autres, ils s'arrêtèrent, lui essoufflé, elle en sueur. La jeune femme caressa avec sa paume l'écorce qui se fendit en une ouverture dorée. Sélénée y pénétra sans attendre. Bronia, lui, jeta un dernier coup d'œil aux alentours avant de s'y engouffrer. Il fut fort étonné de constater que l'intérieur de l'arbre était en réalité une habitation simple et douillette, sans porte ni fenêtres. « Merci Petra, et désolée pour le dérangement. » *À qui s'adresse Sélénée ?* Un frisson glacé parcourut sa colonne vertébrale parfaitement droite. Ne pouvant plus tenir debout, il se jeta sur la première chaise qui lui tombait sous la main et aperçut enfin la femme avec qui la guerrière discutait sortir de derrière un rideau blanc. Elle était grande et ronde, mais surtout d'une grande beauté. Il y avait juste un problème… Elle était nue, complètement nue. Le visage du jeune homme tourna vite au rouge pivoine. « Tiens, si tu veux te changer, proposa-t-elle à Sélénée en désignant le rideau. J'ai mis une bassine d'eau et un torchon à ta disposition si tu décides de te laver. Vu l'odeur, j'imagine que cela doit faire longtemps. » Sélénée lui lança une moue agacée et disparut derrière le tissu blanc. La nymphe vint s'asseoir juste en face du jeune homme. Elle se baissa pour ramasser sa planche à dessin. Dessus était stablement maintenue une feuille de papier de mauvaise qualité, certainement fabriquée par la nymphe elle-même, et un gros morceau de fusain. Elle croisa les jambes pour être plus confortablement installée, ce qui, un bref instant, laissa voir à Bronia l'entrejambe de la nymphe, le rendant encore plus mal à l'aise. La divinité ne faisait aucunement attention au teint rouge tomate de son invité surprise. Lui cependant, pour fuir la nudité de son hôtesse, parcourut de ses yeux bruns le peu de murs qui les entouraient. L'un d'entre eux était recouvert de dessins garnis de détails si délicats. Ils donnaient l'impression que le sujet allait surgir d'un moment à l'autre de la feuille. Soudain, dans le tas de croquis, il surprit celui d'une Gardienne. Il sursauta, ses yeux s'écarquillèrent d'effroi. Il se reprit, le cœur battant toujours à vive allure. Par réflexe, il posa deux doigts à son cou pour vérifier son pouls. Pour ne plus rien regarder dans cette drôle de maison, il baissa la tête vers ses mains moites qu'il ne pouvait s'empêcher de tordre nerveusement ou d'essuyer sur son pantalon. Petra esquissa un dernier trait de fusain puis décida enfin de lui prêter attention. Elle jeta un rapide coup d'œil à l'endroit de son mur d'affichage, là où il avait pris peur. Elle lui expliqua sereinement : « Une Gardienne, magnifique, n'est-ce pas ? Créatures immortelles, ou plutôt des humains décédés, ayant vendu leur âme à la déesse de l'Équilibre en échange du don de voyance. » Tout en l'écoutant, Bronia avait levé les yeux vers son visage tranquille. Malheureusement pour lui, elle se cambra en arrière pour s'étirer, ce qui fit ressortir sa poitrine volumineuse. Bronia rougit à nouveau et baissa les yeux. Il ne se sentit que plus mal quand il vit les pieds sans aucune imperfection de la nymphe. Le pauvre ! Il se replongea une nouvelle fois dans l'observation de ses mains. La nymphe pouffa tout bas en regardant ses pieds, comprenant ce qui embarrassait son interlocuteur. Elle reprit : « Sais-tu comment on distingue quelqu'un qui a de vrais pouvoirs ? Par là, j'entends une personne qui les possède depuis la naissance et non quelqu'un qui les a obtenus en passant un marché avec n'importe quelle entité. Non ? demanda-t-elle penchée en avant en chuchotant pour ne pas être entendue. Les yeux. — Pardon ? s'étonna Bronia. — Les yeux. Un humain qui est né avec ces dons possède pour les yeux une certaine particularité. » Sélénée tira d'un coup sec le rideau. Petra se replaça normalement sur son siège. Bronia resta un peu dérouté par le tournant de la conversation, ne comprenant pas pourquoi elle lui avait raconté tout cela dans les moindres détails. « Merci encore, Petra », répéta Sélénée, cette fois-ci blasée et sans aucune trace de sang sur le corps, en fourrant ses affaires sales dans sa besace. Celles qu'elle portait étaient un peu moins déchirées et elles n'étaient pas encore imprégnées d'odeur. L'eau de la bassine dans laquelle flottait un torchon à sa surface avait gagné en opacité. « Oh, j'y pense, on ne s'est pas présentés. Moi, c'est Petra. » Elle tendit la main au jeune homme qui la serra, hésitant. « Bronia. — Enchantée. » Sélénée les regarda faire, toujours les traits du visage tendus.

La nymphe coupait en petits morceaux des légumes dont la culture dans cette région de la Forêt relevait du miracle. Elle les fit tomber dans un bol en terre cuite et les écrasa avec un pilon en pierre pour en obtenir une purée dans les tons verts qu'elle répartit dans trois autres bols. Le repas était bien maigre, y compris pour la guerrière qui avait l'habitude de se priver de nourriture. « T'as pas d'l'alcool ? demanda Sélénée en saisissant la portion que lui tendait son amie. — Si, et le meilleur », sourit-elle. Petra fit demi-tour et sortit d'un placard en hauteur une bouteille d'eau d'orchidées déjà entamée. Elle retira le bouchon en liège et en versa une petite quantité dans deux verres en terre cuite. Elle en donna un à Sélénée qui se pressa d'y tremper ses lèvres après l'avoir brièvement remerciée. Bronia refusa d'un signe de tête. « Tu ne sais pas ce que tu rates. » Petra garda le verre restant pour elle. Elle vint se rasseoir sur sa chaise. Quant à Sélénée, elle était par terre, emmitouflée dans un tricot à grosses mailles, sirotant tranquillement son précieux liquide. « Au fait, Sélénée, j'ai croisé ton ami dernièrement, comment s'appelle-t-il déjà ? Lycan ? Lycaon ? Mmh, oui, c'est ça. Lycaon est venu rôder dans le coin dernièrement. Je l'ai aperçu discutant avec l'une d'entre nous. Tu devrais faire attention. » Sélénée finit son verre d'une traite et par affirmer : « Gévaudan n'est pas mon ami. » Elle se leva, posa le récipient sur le plan de travail et se posta devant une échelle faite de bois et de cordes. Elle attrapa deux échelons et posa son pied sur le premier. « C'est toujours là-haut, les lits ? » demanda-t-elle. Petra hocha la tête et Sélénée monta. Bronia chercha du regard le sommet de l'échelle. Il ne le trouva pas. Mais ce qu'il voyait était déjà haut, très haut. Il pâlit. L'échelle permettait d'accéder aux nombreux hamacs en macramés couleur crème qui se succédaient dans le vide. Intoxiquée par l'alcool fort et bercée par la chaleur et le confort lui étant devenus étrangers, la guerrière s'endormit sans se faire prier et ses ronflements prirent de la place dans l'habitation. Petra, dérangée par ce son déplaisant, fit mine de tousser, espérant que cela aurait un quelconque impact sur son amie, mais rien n'y fit. Lassée, elle se recolla au fond de sa chaise. Émue à cause de la boisson, elle commença à bavarder sans aucun philtre, les traces de l'eau d'orchidées se faisaient ressentir dans sa voix, et Bronia regretta de ne pas avoir accepté ce précieux liquide, car il ne souhaitait pas se souvenir de cette longue conversation de caractère très intimiste.

Quand elle eut enfin fini son verre, elle monta se coucher. Bronia n'osa pas bouger de sa chaise, jusqu'à ce qu'un deuxième ronflement vienne se joindre au premier, pour former une chorale très dérangeante pour la concentration du jeune homme. Il revint à la réalité et essuya le filet de bave qui avait coulé sur son menton. Il se résigna à monter. Les hamacs les plus proches du sol étaient trop éloignés de l'échelle pour lui permettre d'y accéder. Les deux qui se trouvaient à proximité parmi les premiers étaient déjà occupés par les deux femmes. Petra, toujours aussi nue, perturba à nouveau le jeune homme, ce qui lui fit perdre son équilibre, mais pas de quoi s'inquiéter, il se rattrapa aussitôt. Quand il arriva au troisième hamac qui lui était accessible, il ferma les yeux et fit un pas en avant, sans lâcher l'échelle. Bronia était terrifié à l'idée que son lit craque sous son poids. Il sentit sa jambe gauche prendre entièrement appui et s'enfoncer dans la toile de macramé. Il ouvrit les yeux. Bonne nouvelle : il n'était pas mort. Là, le jeune homme devait prendre une décision : ramener sa jambe gauche sur l'échelle ou jeter tout son corps sur le large hamac, car s'il déposait ses membres un à un, il tomberait, déséquilibré, et se briserait certainement la nuque. Une fin qui n'avait rien d'enviable. Ne sachant pas mentir et n'ayant pas le courage d'avouer le lendemain matin qu'il avait trop peur du vide si jamais il décidait de faire marche arrière, c'est-à-dire dormir sur sa chaise en bas, il clôt une nouvelle fois ses yeux et se laissa tomber. Pris de panique, il les rouvrit et voulut se rattraper à tout ce qui pouvait lui passer sous la main, mais ce fut trop tard. Il se sentit tomber dans le vide. Il s'écrasa contre la toile couleur crème. Ses pieds pendaient dans le vide. Il s'empressa de les ramener vers lui et se recroquevilla sur lui-même, en position fœtale. Il n'osa plus bouger d'un centimètre. Le jeune peureux rencontra beaucoup de difficultés cette fois-ci à fermer les yeux. Les claquements du bois l'importunaient et le stressaient encore plus. Un frisson glacé parcourut son épiderme quand dehors les Gardiennes exerçaient leur dure besogne. L'une d'elles effleura de sa griffe fuchsia l'arbre de la nymphe.

« Depuis maintenant deux ans, les fleurs d'hortensia ont commencé à faner. Ce sont de ces fleurs que naissent les Fées, voilà pourquoi elles ne sont pas censées se défraîchir. » Du bout des doigts, la nymphe effleura un pétale. Du poison récupéré dessus luisait sur sa peau. Son mucus protecteur l'absorba sans nuire à sa santé. « On suspecterait que cela signifierait la mort du royaume des Fées. » Elle arracha des pétales morts, recroquevillés sur eux-mêmes, et souffla dessus. Ils s'envolèrent, ressuscités en papillons maudits.

« Merci encore, Petra. » La nymphe, touchée, regardait son amie. « Surtout, prends soin de toi, ma belle. » Il était aisé de remarquer que Petra avait envie de la prendre dans ses bras, mais elle respectait la réticence de son amie par rapport à ce genre de contact. Elles échangèrent un regard attendri prolongé dont l'émotion se reflétait mieux dans celui de Petra que dans celui de la guerrière. Puis Bronia sortit de l'habitation et Sélénée détourna la tête. Le pauvre jeune homme avait eu du mal à descendre de son hamac. Une fois réveillé par la voix dure de la guerrière, il avait dû réussir à s'accrocher à l'échelle sans tomber dans le vide. Ensuite, il s'y était cramponné tout tremblant, la rendant instable, et ne cessant de se répéter : « Ne pas regarder en bas. Ne pas regarder en bas. » Bronia, qui auparavant était couvert de transpiration, vit son nez rosir par le froid. Dehors, une fine couche de brume et de givre enveloppait l'herbe et le pied des arbres. Il fallait attendre encore quelques heures pour que tout ceci disparaisse. « Ouh, il fait frisquet, frissonna la nymphe. Vous devriez y aller. N'oublie pas, Sélénée, la pleine lune arrive bientôt. — Oui, je sais ce que je dois faire. Ne… — Je m'inquiétais juste pour toi », l'interrompit-elle. Sélénée resta interdite un bref instant. « Bon, les amis, ce n'est pas que je ne vous aime pas, mais je n'ai pas envie que ma maison refroidisse. Pars, s'il te plaît. Tu sais que je n'aime pas être celle qui prend congé. » Petra sourit une dernière fois à son amie. Celle-ci acquiesça et reprit la route sans un regard en arrière, suivie de près par Bronia. Le jeune homme sursauta. Il se retourna. L'arbre ressemblait à n'importe quel arbre. Avoir réussi à tenir à trois dedans lui semblait improbable.

Toujours curieux avec des oreilles qui traînent, il posa une autre question indiscrète : « Qu'est-ce qui se passe à la pleine lune ? » Sélénée, qui n'avait pas du tout envie de lui parler, lui servit la réponse la plus courte possible pour satisfaire sa curiosité : « Les soirs de pleine lune sont dangereux. Il vaut mieux rester chez soi. — Comment vous faites, alors ? Vous dormez chez Petra ? — Non. Moi, je reste dehors. — Mais vous venez de dire que… — Oui, mais moi, je suis malade », répondit-elle sèchement, ce qui le fit taire.

Pour une fois, ils ne marchèrent pas longtemps, pas tellement plus de vingt minutes. Bronia arriva aux côtés de Sélénée. Il remarqua qu'elle semblait perdue dans l'entremêlement de ses pensées, étonnamment songeuse, comme hypnotisée par ce qu'elle fixait de ce regard concentré et vidé de toute émotion. Devant eux se dressait un petit village, composé d'une dizaine de huttes. Bronia sentit que c'était lui qui devait faire le premier pas. Quand il l'eut dépassé, Sélénée ferma sa bouche entrouverte l'instant précédent et secoua la tête avant de le suivre. Le jeune homme traversa le village en ligne droite, sans se poser de questions. Avant de s'enfoncer à nouveau à l'ombre des arbres. Le compagnon de route finit par se retourner. La jeune femme se trouvait à dix mètres de lui. Elle semblait confuse et... angoissée. Elle se grattait les mains, jetait des coups d'œil en arrière. Ses yeux semblaient plus vifs. Ils ne parvenaient plus à se poser sur un point fixe, excités ou frustrés. Des gouttelettes perlaient sur son front. « Attends... » commença-t-elle d'une voix mal assurée. Elle semblait indécise. Puis, pour elle-même : « Je n'étais jamais revenue ici, annonça-t-elle tout bas. Je ne comptais jamais revenir ici. » Elle se détourna puis se retourna vers Bronia. « Il faut peut-être que j'aille le voir », lâcha-t-elle. Elle repartit en direction des maisonnettes d'un pas rapide, différent de celui qu'elle adoptait régulièrement. Celui-ci était calculé, stressé. Le jeune homme la suivit. Il la vit s'arrêter devant la chaumière qui occupait le centre du petit village indépendant. Elle s'appuya un instant au mur d'argile pour reprendre ses esprits et son air assuré puis entra dans la hutte. À l'intérieur se tenait un homme de dos. Chacune de ses mèches de cheveux était nattée et retenue en un gros chignon. Il concoctait une drôle de mixture en écrasant des feuilles malodorantes avec un pilon. « Bon, écoute, Louise : si c'est encore à propos de tes règles douloureuses, je suis navré, mais je ne puis te gaver de médicaments tous les mois. Essaye de comprendre, je... » L'homme s'était retourné. « Bonjour, Papa. » En entendant ces mots dits d'une voix douce, Bronia, qui était déjà en retrait, s'éloigna pour leur laisser plus d'intimité malgré l'absence de porte. Witch aurait pu ne pas reconnaître sa fille. En vérité, il avait failli. Elle avait dû prendre deux-trois centimètres. Elle avait fortement maigri des bras et des chevilles. Ses lèvres étaient gercées. Ses cheveux, autrefois bruns, étaient devenus un mélange de pigments gris foncé. En dessous de ses yeux, d'énormes cernes tombaient sur ses joues. Les traits de son visage n'étaient plus fins, mais durs et marqués. Même le son de sa voix avait changé. Ce son, ce son si doux, si mélodieux, rempli d'éclats de rire durant la petite enfance, était rauque et grave. Comment avait-elle pu se laisser dégrader ainsi, elle qui avait toujours pris si soin d'elle et de son apparence ? Quant à lui, il n'avait pas tant changé que ça. Il avait l'air cependant plus fatigué et moins enjoué qu'à l'époque. Il avait vieilli, évidemment. Elle n'y avait jamais pensé, que cela aurait pu arriver. Ses yeux d'un vert-gris étaient moins pétillants, plus ternes, moins éblouissants. Elle en avait rêvé pourtant, de ses yeux. Ce qu'elle aurait souhaité le plus au monde à l'époque aurait été d'y voir une once de fierté. Elle ne l'a jamais aperçue. Comme la fille, le père avait des cernes, mais moins visibles. Ses traits s'étaient, depuis bien longtemps, figés ou plutôt tirés pour ne plus jamais se relâcher. Père et fille qui s'étaient tellement ressemblés ne se ressemblaient plus. Sélénée préféra se concentrer sur ce qui n'avait pas changé. Cela lui apporta du réconfort. Ses lèvres étaient aussi sèches que dans ses souvenirs, mais non gercées. Ses sourcils étaient bien dessinés, pareillement qu'à l'époque. Il n'avait pas pris une ride. Ses cheveux n'avaient pas blanchi. Le son produit par ses cordes vocales contenait toujours ce même ton de reproche. Il allait continuer à vivre longtemps, *très longtemps,* pensait-elle. *Dieux merci, je mourrai jeune, je mourrai avant lui.* Witch tendit la main pour attraper son bâton, mais réfréna son geste. Ce même bâton avec lequel il avait frappé son protégé, lui ouvrant l'arcade sourcilière. Il ne pouvait marcher sans, à cause de son pied-bot. *Ça non plus, ça n'a pas changé,* pensa Sélénée. Son père lui tourna une seconde fois le dos. « Ce n'était pas la peine de revenir. Tu as fait ton choix, tu dois l'assumer. — J'ai fait une erreur, tu m'accordes même pas ça ? — Tu étais ma fille, tu n'avais le droit à aucune erreur. » Witch-fille mâchouilla de l'air avant de répondre à Witch-père : « En quoi est-ce mal de vouloir rencontrer sa mère ? — C'était elle ou moi, je te l'ai dit il y a dix-huit ans. N'as-tu donc rien appris de tout ce que je t'ai enseigné ? Tu as beau avoir changé, tu ne t'es pas améliorée. — Toi non plus. »

Sélénée s'appuyait contre un arbre. Bronia l'avait vue sortir de la maisonnette aussi vite qu'elle y était entrée. Ses larmes dégoulinant de ses joues faisaient de gros trous dans l'herbe. Sa salive était pâteuse, son visage déformé, ses gémissements sans retenue. Devant elle, une flaque jaune malodorante avec des morceaux noyés dedans. La guerrière n'avait pas remarqué la présence du jeune homme. Bronia tendit le bras vers elle. Il la consola. La jeune femme sursauta. Quelque chose s'était posé sur son épaule. Elle regarda ce que c'était, une main réconfortante, et au bout du bras qui la reliait à son corps, un sourire plein de tendresse. Elle hésita un instant puis se jeta dans ses bras, pleurant à chaudes larmes. Bronia fut d'abord surpris puis se décrispa. Il passa les bras dans le dos de la jeune femme et la serra contre lui. Il aurait certainement valu que père et fille ne se revoient jamais, cela n'en avait pas valu la peine. Sélénée aurait dû, comme à chaque fois qu'elle passait par là, contourner le village, son monde d'adulte dissimulé par les bois à sa vie d'enfant. Mais il a fallu qu'un nouveau venu, un Oublié, un intrus, bouleverse tout. Elle se ressaisit, cacha son visage dans ses mains, se moucha dedans sous le regard dégoûté de son compagnon de route, les retira et les essuya sur ses vêtements sales qu'elle avait remis le matin même à la place de ses vêtements propres. Sélénée commença à avancer, mais tituba et se rattrapa à l'arbre. « Ça va ! dit-elle sèchement à Bronia qui s'était précipité pour l'aider. J'ai juste besoin de prendre l'air. » Elle commença à marcher, un pas après l'autre, puis, elle avança de plus en plus vite, jusqu'à foncer, tête baissée, à en perdre haleine. Rapidement, Bronia renonça à essayer de la suivre. Elle reviendrait le chercher de toute façon. Elle avait besoin de se calmer. Il avança de quelques pas et s'assit sur un rocher peu confortable.

La nuit était tombée. Ils n'étaient qu'à une demi-journée de marche de là où la guerrière voulait aller, mais elle se garda bien de le révéler à son compagnon de voyage. Elle était trop fatiguée. Il ne pouvait pas avancer dans le noir de toute façon. Ils auraient pu retourner au village pour y passer la nuit, il n'était qu'à un quart d'heure de leur position, mais il en était hors de question pour Sélénée. C'en était inconcevable. Pour Bronia aussi. Ce soir-là aussi, plus que tout au monde, elle aurait aimé boire comme un trou. Un silence lourd dominait l'atmosphère. « Si vous avez besoin, je suis là, tenta le jeune homme d'une voix chétive. — Je sais », le coupa-t-elle. Nouveau silence. « Merci. » Surpris, Bronia la regarda. Elle s'efforçait de lui sourire.

« Dépêche-toi, Bronia ! — Je me dépêche, je suis juste derrière vous. » Le son des pas piétinant, les fougères continuèrent un peu puis se stoppèrent. Sélénée regardait avec intensité les racines entremêlées qui ressortaient à la surface. La guerrière s'accroupit et posa sa main sur l'une d'elles qui s'illumina légèrement. Elle récita dans une langue ancienne des paroles pouvant se traduire par ceci : « Roi de la Forêt, entends ma prière, tes messagers m'ont menée jusqu'à toi, chuchotant en écho. Accepte mon exil princier, car je suis la sorcière fugitive aux yeux du monde. Je t'en prie, ressens de la pitié à mon encontre et ne me juge pas parce que je suis différente. » La terre trembla. Sélénée recula de deux pas. Les racines s'écartèrent, se détachèrent les unes des autres pour laisser place à un escalier en bois pourri. Certaines marches étaient fissurées, d'autres avaient simplement disparu. Des champignons aux effets hallucinogènes, voire mortels, et de la mousse s'y étaient développés. Ce qui est certain, au cas où le doute planerait encore, c'est que cet escalier était très mal entretenu, dangereux et glissant. Avant de s'y engouffrer avec Bronia collé

à ses talons, Sélénée se retourna pour le prévenir :
« Si tu tombes, je m'écarterai, et si j'y arrive pas,
alors on mourra tous les deux, donc fais gaffe. »
Très rassurant, pensa-t-il. Mais il n'eut pas le
temps d'y réfléchir davantage qu'elle disparaissait
déjà. Le tunnel était sombre, malodorant et
humide. « Faut pas qu'on reste trop longtemps ici,
expliqua la guerrière, rendant encore plus nerveux
son compagnon de route. Y a de l'ergot de seigle
et d'autres trucs pas nets qui rendent barge. » *De
plus en plus rassurant,* s'inquiéta le jeune homme.

L'escalier qui descendait très
profondément laissa place à un couloir droit
donnant sur un autre escalier qui remontait. Enfin,
ils virent la lumière. Bronia se laissa aveugler
tandis que Sélénée se protégeait les yeux en
faisant de l'ombre avec son bras. Ils y étaient
finalement arrivés, à la Clairière Enchantée. Bronia
eut à peine le temps de s'enthousiasmer devant la
beauté de cet endroit, car cet émerveillement fut
éclipsé par celui de reconnaître la silhouette d'une
jeune femme. « Marie ? » Sélénée tourna son
regard dans la même direction que le sien.
« Marie. Marie ! » La jeune femme en question
l'aperçut. Elle courut vers lui et se jeta dans ses
bras. Il l'enlaçait et ne voulait pas la laisser partir,
car il ne parvenait toujours pas à y croire. Il l'avait

retrouvée après toutes ces épreuves, aussi facilement. *C'est possible, ça ? Nan… Ah, les champignons.* Il ne la serra que plus fort pour être sûr qu'elle soit réellement là. Au bout d'un long moment au cours duquel les deux amis s'étaient fait preuve de leur affection réciproque devant les yeux dubitatifs de la guerrière, Bronia se détacha pour dévisager la brune en lui broyant cette fois-ci les mains. *Alors c'est vrai, tu es bien là.* Elle n'avait pas fière allure avec son teint blafard et ses lèvres amaigries. « Raconte-moi ce qu'il t'est arrivé, je veux tout savoir ! » implora presque Bronia. Pour toute réponse, elle désigna de son index sali jusque sous les ongles l'intérieur de sa bouche. L'esprit agité de Bronia hésitait entre fondre en larmes ou s'évanouir. Heureusement, Sélénée prit la parole avant qu'il ne puisse prendre une décision stupide : « J'ai p't-être ce qu'il lui faut. » Elle avait sorti de son sac une boîte rectangulaire au contenu assez particulier.

Sélénée se tenait droite, loin des deux Oubliés retrouvés assis au coin du feu. Il avait fallu attendre le soir, car le fil d'or ressortait mieux dans l'obscurité et était, par conséquent, plus facile à manier. Il avait été difficile de raisonner Bronia, trop hâtif de soigner Marie qui, la pauvre, ne voulait surtout pas resouffrir à cause d'une aiguille lui transperçant la peau. La nuit qui était tombée sur la clairière était étrange. Pas une étoile ne pointait le bout de son nez, et la lune, comme le soleil, n'y apparaissait jamais. Nul ne s'expliquait la raison du jour et de la nuit en ce lieu hors du commun. Un endroit créé par un dieu pour échapper aux dieux. La femme-centaure, sourire aux lèvres, s'approcha de la guerrière. Elle croisa les bras. « Ça me rappelle des souvenirs qui commencent à dater maintenant, soupira-t-elle. Il se débrouille bien, le petit nouveau. — Si tu le dis. — Quoi ? Ne me dis pas qu'après tout ce temps passé avec lui vous n'avez pas eu l'occasion de faire plus ample connaissance ? » lui demanda-t-elle malicieusement. Sélénée haussa les épaules. La centaure au pelage d'ébène tourna son regard vers la jeune femme. « Et sinon, comment vas-tu depuis tout ce temps ? » Sa voix était d'une extrême bienveillance et d'un grand réconfort. « Ça peut aller. » La sauveuse de Marie replaça son regard vers les deux amis. « Où comptes-tu les emmener, ces deux-là ? — Nulle part, je te les laisse. — Et s'ils refusent ? » Sélénée haussa les épaules. « Ils sont pas arrivés de nulle part. Ils finiront par retrouver leur chemin. »

Bronia n'avait de cesse de poser son regard tour à tour sur la fille du protecteur de la clairière et tour à tour sur Marie. « Ferme la bouche », lui ordonna sèchement Sélénée. Il le fit par automatisme, mais continua de les dévisager. « C'est perturbant, annonça-t-il, vous vous ressemblez tellement. » Il est vrai qu'à première vue la ressemblance était frappante, mais plus on les comparait, plus le nombre de différences était notable. « Pas du tout ! » s'insurgea Elfina. Personne n'osa lui répondre. Même sa tante l'avait, au début, confondue avec Marie dans les cachots. « M'enfin, je suis bien plus belle qu'elle ! » s'emporta-t-elle en désignant dédaigneusement la brune. Dire qu'elle était la plus belle était une erreur de formulation. Elle plaisait plus aux garçons, voilà tout. Sélénée soupira d'une manière fort peu discrète, ce qui ne fit que l'agacer encore plus. Le prenant personnellement, Elfina prit son bol de bouillon et partit. La guerrière non plus ne tarda pas. Cela glaça autant l'ambiance que le passage d'une Gardienne. Pourtant, Bronia ne put s'empêcher d'étirer un sourire timide. Il avait retrouvé Marie et ne parvenait toujours pas à y croire. Elle aussi lui souriait. Elle détourna les yeux et regarda les flammes danser, les lèvres pressées l'une contre l'autre pour essayer d'effacer l'étirement de ses lèvres. Le jeune homme l'observait toujours. Ses cheveux ondulés encadraient parfaitement son visage, s'arrêtant à la hauteur de sa bouche, excepté sa frange qui cachait son front. Ses joyeux yeux bruns ne semblaient refléter aucune once de traumatisme. Elle ne lui avait rien dit. Peut-être croyait-elle, ou s'autopersuadait-elle, qu'il ne lui était rien arrivé, que ce n'était qu'un songe abominable tout droit sorti de son esprit fiévreux. Et après tout, même si elle ne s'en était pas tout à fait réhabituée, la langue qui venait de lui être cousue ressemblait en tout point à son ancienne, la sensation dans sa bouche également. Et puis, les coutures avaient disparu comme par magie.

Sélénée marchait jusqu'à l'entrée d'une grotte. Nerveuse, elle tiqua et se décida à y entrer. Elle n'était pas profonde, voire pas du tout comparée à l'impression qu'elle donnait vue de l'extérieur. Une fois à l'intérieur, le ciel paraissait prendre une teinte claire et lumineuse comme le jour. Chercher la logique de cet endroit ne serait qu'une perte de temps. Elle s'installa sur une pierre servant de tabouret, devant une table sculptée dans la paroi rocheuse. Un trousseau y était posé et des produits de cosmétique en tous genres y étaient étalés. Sélénée survola de sa main tout ce tas d'objets pour saisir le grand fragment d'un miroir brisé, qui était auparavant couché, et le replaça correctement. Elle prit le tube à lèvre rouge et l'ouvrit. Il n'était pas en bon état, un peu de pourriture par-ci par-là. Avec l'index, elle le frotta un peu puis s'en appliqua sur ses lèvres gercées. C'est à ce moment précis que choisit le père d'Elfina pour entrer.

« La Clairière vient en aide à ceux qui en ont besoin. Elle les appelle, vient les chercher et accepte les cœurs aux intentions pures. Elle leur donne la clef pour les recevoir une autre fois », avait expliqué la centaure à Marie, un soir au coin du feu. « Pour le moment, tu te bats encore contre ton traumatisme, mais un jour viendra, où tu auras refermé tes plaies, et ce jour-là, tu deviendras une survivante. » La femme au corps de cheval avait attendu que Marie s'endorme d'épuisement pour prononcer ces mots.

Sélénée aperçut Sagamore dans le morceau de miroir, toujours aussi bel homme. Ses cheveux châtains coiffés en un chignon, sa barbichette au menton et sa fidèle épée, Exactitude, à la ceinture. La guerrière reposa le tube sur la table et sa main sur sa cuisse. « Ça fait plaisir de te revoir te maquiller comme le jour où tu as débarqué ici. — Ce ne sont rien d'autre que des futilités, déclara-t-elle en faisant référence à tous ses produits éparpillés. — Et de t'entendre parler comme autrefois. » Sagamore fit une pause pour mieux observer la paroi rocheuse. « Tu n'étais jamais revenue après ton séjour de deux ans. Je suis heureux de te revoir, mais une question me taraude l'esprit : Pourquoi es-tu partie ? » Elle hésita. « Je voulais découvrir la Forêt dans son entièreté. Je ne me sentais pas à ma place. — Tu aurais pu la trouver si tu l'avais vraiment voulu. » Reproche. Pause. « J'ai dû laisser la Clairière à Elfina il y a quelque temps. Je devais demander un conseil à un vieil ami par rapport à une situation qui aurait pu très mal se terminer. Finalement, ma sœur a su régler le problème par elle-même. — Toujours dans la neutralité, hein ? — Tu lui manques. » Visage crispé. « Occupe-toi de ta fille et je m'occupe de ce qui me regarde. » Pause. « Il se sent seul, tu sais. Il est dommage que tu n'aies jamais donné du tien pour recoller les morceaux. — Tu es sûr de bien connaître mon père ? Moi, je crois que non. — Il a beaucoup de fierté, c'est tout. — Tu es en train de lui donner une excuse ? — … Tu as raison, je suis désolé. — J'aime mieux ça », ajouta-t-elle avant de quitter la grotte. Il lui attrapa le bras pour l'en empêcher, mais Sélénée le lui fit lâcher d'un mouvement d'épaule. Ses yeux mirent du temps à se réhabituer à l'obscurité de la nuit, mais cela ne l'empêcha pas pour autant d'avancer d'un pas rapide. Elle aperçut son compagnon de route et l'amie de celui-ci. La guerrière se dirigea vers eux. Elle voulait partir, elle voulait leur dire auxdieux. Soudainement, elle les entendit rire à l'excès et se stoppa. Elle ne pouvait pas leur faire ça, casser un moment de joie innocente par égoïsme. Elle se précipita vers le rassemblement d'arbres pour y grimper et y cacher sa tristesse.

Le crépuscule. Une jeune fille court quelque part, dans le centre de la Forêt. Elle pleure. Elle panique. Elle n'aurait jamais dû, elle n'aurait jamais dû quitter son village, elle n'aurait jamais dû partir à la recherche de cette femme. C'était trop dangereux. Elle s'était mise en danger et probablement celle qu'elle avait voulu rencontrer. À présent, des chiens étaient lâchés sur elle. Et s'ils la retrouvaient, et s'ils réussissaient à lui faire du mal. Est-ce qu'ils l'avaient repérée à l'odeur ? Était-ce eux qui la suivaient ou était-ce seulement le bruissement des feuilles qu'elle entendait ? À bout de souffle, elle trébuche sur une racine. Elle désespère, elle pleure. Les racines se déplacent, se démêlent, elles lui offrent une chance de vivre.

Elle avait pleuré toute la nuit, qu'elle soit éveillée ou endormie. L'écorce de l'arbre s'était asséchée à chaque goutte lui tombant dessus. Elle était descendue de l'arbre, les yeux rougis. Ils lui piquaient affreusement, alors la guerrière les frottait. Bronia et Marie étaient restés assis côte à côte jusqu'à pas d'heure. Blottis l'un contre l'autre, ils s'étaient endormis. Un plaid marron les recouvrait jusqu'aux épaules, gentiment déposé par la tante d'Elfina. Le feu, personne ne l'avait éteint. Une dernière flamme, se battant désespérément contre l'inévitable, mourut, laissant échapper une traînée de fumée. « Mal dormi ? » La thérianthrope, malgré l'air abattu de la jeune femme, lui souriait. Comme pour répondre à une question que devait se poser Sélénée, elle déclara : « Quand on passe autant de temps enfermé, sans aucune lumière du jour, seulement un repas quotidien et le risque d'une visite imprévue comme seuls repères, notre horloge biologique s'en retrouve facilement déréglée. » Quelque chose que la centaure n'avait pas encore remarqué lui sauta aux yeux. « D'ailleurs, tu manges assez ? — Oui. — Quotidiennement ? — Non. » La thérianthrope s'inquiéta. « Qu'est-ce que tu veux ? s'impatienta Sélénée. — Je voulais te rendre ça. » C'était la boîte donnée par le cannibale. Il restait à l'intérieur l'aiguille et la bobine de fil d'or. « Merci. » Sélénée la rangerait plus tard. Pour le moment, elle avait égaré son sac à dos quelque part et ne tarderait pas à le récupérer. « Ah, j'y pense : comment as-tu su pour le… problème ? questionna la femme au corps de cheval en désignant de son index l'intérieur de sa bouche. — Ah ça… » La guerrière sourit. « Je ne remettrai plus jamais en cause les talents de divination de Kaliban. » Le visage de la centaure se ferma. « C'était lui… Comment va-t-il ? — Fidèle à lui-même. Quoique… il a pris un p'tit coup de vieux. La boîte… c'était un cadeau. — En effet, répondit la centaure, ça ne lui ressemble pas. » Le silence survint entre les deux anciennes confidentes. « Un jour, je devrai le remercier, quand même. C'est p't-être grâce à nos mauvaises relations avec ces deux-là, même si toi tu vas lui rendre visite parfois, qu'on s'est si bien entendues. » La thérianthrope esquissa un sourire. « Peut-être… ça et notre autre point commun. Et n'oublie pas que c'est grâce à moi que tu sais où trouver tes potions. » La guerrière sourit à son tour. Elles échangèrent un regard complice, mais les lèvres de l'aînée s'affaissèrent. « Tu as passé deux ans ici, pourquoi tu n'es jamais revenue ? Ne me sors pas d'excuses, je sais que tu es repassée dans les parages depuis cette époque-là. » Le ton de sa voix était peigné de tristesse, de déception et d'un soupçon de reproche. « Tu sais, répondit Sélénée en la dévisageant de haut en bas, les choses changent. — Tu n'étais qu'une gamine à l'époque, et moi, je ressemblais à une satire, bien sûr que les choses changent ! » Peu convaincue, Sélénée la planta là et partit chercher son sac à dos.

« Bon… c'est l'heure des au revoir », souffla Elfina. Elle passa son bras dans le dos de la guerrière pour faire semblant de l'embrasser, mais Sélénée l'arrêta. Elles se contentèrent d'un hochement de tête froid. La jeune femme serra la main de la tante et du père d'Elfina, sans les regarder dans les yeux. Plus timide, Bronia leur fit ses auxdieux sans oser prononcer le moindre mot et Marie en répétant plusieurs fois « merci ». Ils avaient refusé de rester dans la Clairière Enchantée et le jeune homme avait presque supplié la femme aux yeux bleus de les emmener avec elle. Au moment de leur embrassade, la centaure susurra à l'oreille de Marie : « N'oublie pas ce que je t'ai dit. » Mais elle avait oublié et finirait par s'en remémorer. « On y va », s'impatienta la guerrière. La brunette et la centaure se séparèrent. Sélénée fit passer devant elle les deux amis. Le visage fermé, la guerrière retourna à sa vie. Sagamore et la centaure, Elfina étant déjà retournée à ses occupations, virent le sac à dos gris s'éloigner et disparaître.

Dans la grotte de la Clairière Enchantée, une jeune fille emballait ses affaires dans la précipitation. Un produit de beauté tomba de la table. « Zuteu ! » Elle le ramassa. « Sérieusement ! T'avais toute la nuit pour le préparer, s'emporta une seconde jeune fille aux cheveux châtains. — Je sais, mais j'étais fatiguée. » La fille aux cheveux châtains accompagna celle aux cheveux bouclés. Un homme les attendait. Sous son regard, les deux jeunes filles firent semblant de s'embrasser. « Inintéressante jusqu'au bout, vieille sorcière, susurra celle qui restait. — Toujours aussi orgueilleuse, princesse. » Celle qui partait se redressa. « Et ta sœur ? demanda-t-elle à l'homme. — Elle se repose, laissons-la dormir. Sa transformation, comme hier soir, peut être très douloureuse par moments. Ne t'en fais pas, elle a été mise au courant pour ton départ. — Tu reviendras ? s'informa d'une voix dure la châtaine. — Oui, probablement avant le mois prochain, lui répondit-elle. — Je le lui dirai », ajouta l'homme qui accompagna la jeune fille aux cheveux bouclés. « Je te montrerai où elle voulait t'emmener, ça prendra plusieurs jours. J'en profiterai pour lui prendre des antidouleurs. — Merci. »

L'obscurité, l'odeur de putréfaction, les champignons. L'air frais, l'herbe verte, le soleil aveuglant. C'était le matin, ce fut l'après-midi, le temps s'écoulant différemment dans la Clairière

Enchantée. Sélénée marcha d'un pas rapide. « Elle fait toujours ça ? questionna Marie tout bas. — Sans arrêt, souffla Bronia. Elle est très... bizarre. »

Un temple abandonné. L'imagination de Marie arrivait à en combler les vides. Ce qu'elle voyait était d'une réalité tout autre. Des colonnes de marbre blanc, du carrelage immense sur lequel résonne le claquement des chaussures, des marches très longues, une cour avec au centre des pierres formant un cercle comme foyer pour le feu. Un bâtiment religieux construit par un riche noble, soit par piété, soit pour séduire les dieux. Marie s'avança sur le sol froid et s'installa au coin du feu. Elle fixait les flammes. « Ça, c'est le temple d'Issaïa, leur avait expliqué Sélénée en passant devant une grotte. D'ailleurs, Bronia, je t'en avais parlé, tu t'souviens ? » Le visage du jeune homme était devenu rouge pivoine. « Oui... » La guerrière l'avait fusillé du regard. « Je crois que tu l'as mise en colère, avait chuchoté Marie. — Sans blague. » Il avait ri nerveusement. « Il fait nuit. Les temples accueillent de bonne foi les voyageurs. — Parce que c'est vivant... les temples ? » Sélénée avait jeté à nouveau un regard assassin au jeune homme. Elle avait fabriqué une torche pour descendre dans la galerie. « Issaïa était une femme douée avec les plantes. Elle était née avec des dons en magie, mais les a mystérieusement perdus, personne ne sait comment. Elle a dédié sa vie à soigner les maux physiques et psychologiques. C'était une personne d'exception, alors ne vous avisez pas de manquer de respect à cet endroit et à sa mémoire. » Elle leur avait fait face, les toisant comme avertissement. Sa voix, chaque bruissement, chaque son avaient résonné en une symphonie d'échos. De l'eau tombant d'une stalactite leur avait dicté les secondes. « Elle fait un peu peur, ta copine, avait murmuré la brunette. Et que lui est-il arrivé ? s'était-elle enquise auprès de leur guide. — Une épidémie qui s'est déclarée dans le secteur. Des chenilles-vers ont infecté les camomilles. Des cas similaires existaient déjà avant. Issaïa a tout fait pour aider la population touchée. Elle a échoué, et ceux qui ont eu peur de crever se sont barrés, abandonnant les derniers malades. Issaïa est allée leur rendre visite et a rempli son devoir jusqu'à la fin. La semaine qui a suivi le dernier souffle de vie humain des environs, elle est revenue chaque jour dans chaque habitation pour vérifier s'il ne restait pas un survivant. Elle n'a trouvé que de la brume et des tapis de mousse recouvrant les corps », avait expliqué Sélénée, des larmes au coin des yeux et la voix chancelante. « Mais elle, avait insisté

Marie, que lui est-il arrivé ? — Elle s'est retrouvée seule, complètement. Une femme qui refusait qu'on lui dicte sa vie s'est retrouvée à être victime d'une décision et de la lâcheté d'un grand nombre. Désespérée et refusant de refaire sa vie, elle s'est réfugiée tout au fond de sa grotte et s'est laissée tomber dans la folie à en mourir. » La jeune femme avait serré la mâchoire. Le dernier mot prononcé s'était répété, s'était déformé. « Vous allez mourir ! Vous allez mourir ! » s'étaient moquées les voix. Des rires d'enfants, des ricanements, des cris d'horreur. Sélénée n'avait pas semblé y prêter attention. De la sueur froide avait perlé sur le front et le dos de Bronia. Marie s'était bouché les oreilles, avait serré les dents. La torche avait commencé à s'éteindre. Leurs ombres vacillantes avaient habillé la galerie. Leur source de lumière s'était éteinte, les ombres avaient disparu, les voix s'étaient tues. Un fort parfum de chrysanthème était parvenu jusqu'à leurs narines. Le frottement d'une allumette s'était fait entendre. Une faible lumière était revenue. Cette lumière s'était accroupie, avait éclairé un cercle formé par des pierres. Du bois, il y avait du bois et des rameaux en son centre. La flamme s'était approchée du foyer, intact malgré l'humidité des lieux. La lumière s'était faite plus vive. Les ombres étaient revenues, les voix non. Une pièce circulaire, la fin de la grotte, le cœur du temple. Les trois vivants présents avaient examiné l'endroit. La guerrière avait manipulé les bocaux de plantes. Peu étaient en bon état et rangés à leur place, beaucoup se trouvaient par terre, la majorité était ouverte ou cassée. « Attention où vous mettez les pattes, y a des morceaux de verre partout », les avait-elle avertis. Les échantillons avaient pourri puis s'étaient décomposés. Elle avait trouvé des graines de café septicien, les seules capables de rendre neutre l'odorat. Le jeune homme avait replacé les pierres du foyer correctement, au millimètre près. La brunette, intriguée par l'odeur prédominante, en avait cherché sa provenance. Elle avait trouvé une grosse masse concentrée contre une petite partie du mur de grosses fleurs. *Comment des plantes ont-elles pu pousser ici, avec l'humidité et sans lumière du jour ?* Ce qui l'avait intriguée encore plus, ça avait été la couleur des pétales, violet pâle, striés de blanc comme défigurés. « Sélénée ? — Mmh. — Comment vous connaissez l'histoire de cette femme ? » avait interrogé Marie. Elle avait tourné son visage vers la sorte d'amie de Bronia. Celle-ci l'avait regardée de haut. Un instant agacée, elle avait détourné la tête et observé leurs ombres danser. « Y a un peu près un siècle, des descendants des fuyards sont partis vérifier si y avait pas des descendants de supposés survivants. Sûrement l'émergence d'une quelconque culpabilité. Vous avez écouté c'que j'ai dit, hein, Bronia ? avait-elle lancé comme pique au pauvre jeune homme qui n'avait rien demandé. — Ils étaient tous morts, s'était agacée Marie, à cause de sa raillerie rabaissante. — Ils ont rien trouvé, à part... — Des tapis de mousse et de la brume », avait à nouveau coupé la deuxième jeune femme. La guerrière l'avait toisée, puis avait repris : « Y avait plus de brume, dispersée depuis le temps. Bien sûr, ils avaient entendu parler de la grande Issaïa et de son temple. Ils l'ont trouvée et y sont descendus. Voilà, c'est comme ça qu'ils ont découvert cet endroit, ses recherches, et qu'ils en ont conclu les conditions de sa mort. » Du menton, elle avait désigné la pièce, le plan de travail, les chrysanthèmes. « Ils ont pris des notes, n'ont rien dérobé, ont laissé l'endroit tel qu'ils l'ont trouvé. Ici, c'est un lieu sacré, alors on touche à rien, n'est-ce pas, Bronia ? » Suite à ces mots, le jeune homme avait lâché une pierre qui avait fait du bruit en retombant. Il était redevenu rouge de honte.

Marie détacha les yeux des flammes hypnotisantes. Bronia dormait, allongé sur le côté, lui tournant le dos. Elle regarda la guerrière. Cette dernière s'était éloignée. Elle sculptait un objet de forme rectangulaire. Quand elle eut fini, elle le rangea à sa ceinture, ramassa les restes qui étaient tombés et les jeta dans le feu. Marie sentit la jeune femme s'asseoir à côté d'elle alors qu'elle n'avait rien demandé. Après un moment de silence, Sélénée avait commencé un nouveau monologue : « Il est dit que loin, très loin, il existe un royaume dont les habitants peuvent nous guérir de toutes nos blessures, de toutes nos peines, commença à raconter la guerrière. Ce royaume serait, paraît-il, habité par des Fées, de p'tits êtres au pouvoir immense. On raconte que la nuit, elles peuvent pas admirer les étoiles, car leurs corps produisent trop de lumière. Cet endroit, recherché par un grand nombre, se situerait sur une montagne. C'est la seule information à ce sujet que nous possédons. » Marie remarquait que la voix de Sélénée était plus calme, ses mots mieux choisis et prononcés quand elle racontait une histoire. Son corps était moins nerveux, il s'apaisait. « Et il existe… cet endroit ? » questionna la brunette au coin du feu. Sélénée haussa les épaules. « P't-être bien, p't-être pas. Dans l'fond, cette fable sert juste à donner de l'espoir aux gens désespérés. Son but est de faire voyager ceux qui le recherchent pour qu'ils oublient leurs peines, fassent de nouvelles rencontres, trouvent leur place, et aut'es conneries. » *Je ne pense pas que ce soient des conneries,* pensa Marie, mais s'abstint. « Et vous, vous l'avez cherché ? — Moi ? Je l'ai cherché, oui, seulement pendant quelques mois, avoua-t-elle, mais j'ai perdu l'espoir y a longtemps. S'il a bel et bien existé un jour, il existe plus, j'pense, mais ça aurait rien changé à ma décision. » Sa voix s'était attristée. Les crépitements du bois occupèrent toute la place. Sélénée sortit de sa paralysie. « Certaines blessures s'effacent plus rapidement que l'acte qui les a causées a duré. Pour d'autres, c'est le contraire. La plupart laissent des cicatrices et les plus cruelles nous arrachent une partie de nous, expliqua-t-elle en retroussant sa manche pour laisser apparaître de grosses entailles laissées par des chiens. Quelques-unes peuvent causer des trous noirs au cerveau. C'est ton cas, n'est-ce pas ? — Co... comment vous savez ? s'inquiéta Marie. — Quand tu te souviendras de que'que chose, inscris tout ce qui te revient sur ce bout de bois, lui recommanda-t-elle, et jette-le au feu. » Les mains tremblantes de la brunette tenaient l'objet. La guerrière se releva. Elle tressaillit en sentant qu'on lui saisissait le pantalon au niveau de la cheville, puis découvrit l'amie de Bronia pleurer. Après une légère hésitation, elle se rassit et la serra contre elle. Le bruit des sanglots mal contenus réveilla le jeune homme. Il ne bougea pas, comme immobilisé. Son cœur se serrait. « Surtout, te laisse pas sombrer. Laisse les flammes consumer ton malheur. Tu y arriveras, je crois en toi. Oublie pas que Bronia sera toujours là pour toi aussi. L'oublie pas, hein ? » Un mince éclat de rire interrompit le torrent de larmes. « Tu me l'promets ? insista la guerrière. — Oui, oui. » Elles s'étaient endormies, la tête de la brunette au creux de son cou, celle de la guerrière penchée dans le vide. Bronia se leva au milieu de la nuit, les vit dans cet état. Il s'approcha d'elles, les observa. Après un court moment de réflexion, il repartit se coucher. Sélénée entrouvrit les yeux. Elle avait senti du mouvement. Ne percevant aucun danger, elle se rendormit.

Pendant la nuit, la guerrière se réveilla, un mal atroce au cou et une dormeuse sur sa cuisse. Marie fut manipulée avec beaucoup de ménagement pour continuer à dormir, cette fois-ci avec le sol comme oreiller. Sélénée se rendit à la surface. Au-dehors, la pluie tombait en trombe. La pluie ne s'abattait sur la Forêt qu'en cas de nécessité. L'odeur de l'humidité mêlée à celle de la nuit lui monta aux narines. Elle l'observa et l'écouta un moment, puis leva ses yeux pour constater l'état de la lune : gibbeuse. « C'est pas vrai », souffla-t-elle. En bas, Marie dormait toujours paisiblement, Bronia également quand la jeune femme redescendit. Elle s'assit près du buisson de fleurs rayées, puis tournant la tête vers celui-ci murmura : « Bonne nuit, Issaïa. » Observant le calme, appuyée contre la paroi, elle se rendormit.

Le jour s'était levé, mais les rayons du soleil ne pouvaient atteindre le fond de la grotte. Le feu crépitait toujours, ravivé une demi-heure plus tôt par la guerrière. Marie ouvrit les yeux. Un mal de tête terrible l'empêcha de se lever tout de suite. Elle se tourna sur le dos et barra ses yeux de son bras ramené sur son visage. La brunette finit par le retirer et regarda autour d'elle. Personne ? Si, elle aperçut Bronia la surveiller un peu plus loin. « Tu as bien dormi ? se renseigna-t-il. — Oui, plutôt. » Le jeune homme semblait mitigé par cette réponse. « Où est Sélénée ? — Dehors, elle avait un besoin pressant. C'est pour cette raison qu'elle m'a réveillé. — Ah. Pas trop fatigué ? — Ça va. » Cette conversation tournait en rond. Heureusement, Sélénée arriva avant que cet échange n'en devienne que plus embarrassant. « Ah, t'es réveillée, Marie. Bon, bah, on va pouvoir y aller, j'pense. » Marie hocha la tête. Bronia ne répondit rien, toujours avec son air blasé qu'il arborait depuis le matin même. Ils marchèrent longtemps. Quand la guerrière repéra un buisson de myrtilles, elle ne manqua pas l'occasion pour déjeuner. La brunette, sustentée de quelques fruits, regarda son bout de bois sous tous les angles. « Vous pouvez me prêter votre couteau, s'il vous plaît ? » demanda-t-elle à la jeune femme. Celle-ci, intriguée, le lui donna sans hésitation. « Merci. » Elle commença à graver un mot. Par-dessus son épaule, Bronia lut les trois premières lettres qui avaient mis du temps à se dessiner, « ODE », et devina ce qu'elle voulait écrire. « Odeur », ce choix pouvait paraître stupide au premier abord, mais il avait été mûrement réfléchi. Marie s'en souvenait, de son odeur à lui. C'était la première chose qui lui était revenue en mémoire, le premier trou noir comblé. Cette odeur, elle la sentait partout sur son corps malgré ses bains pris à la Clairière Enchantée, étouffer la sienne et asphyxier son souffle. Cet homme, cet agresseur, son agresseur, elle ne l'avait rencontré qu'une fois, mais son odeur, depuis cette seule fois-là, elle la connaissait par cœur, saurait la reconnaître entre mille, seulement, Marie ne savait comment la décrire. Voilà pourquoi elle avait marqué sur son bout de bois uniquement le mot « odeur ». Sur le chemin, la brunette restait à l'arrière, contemplant son objet sacré, fière. Ce trou comblé lui avait fait mal au début, très mal, mais il lui avait enlevé un poids immense à l'âme. Elle savait que la prochaine fois, elle aurait à nouveau mal, mais ce serait un pas de plus vers la délivrance et elle était prête à souffrir autant de fois que nécessaire pour être libérée de ce passé récent, jusqu'à laisser les flammes consumer son malheur plutôt que lui la consume. Le jeune homme jeta un rapide coup d'œil à son amie et rejoignit Sélénée en tête de marche qui laissait des traces dans l'écorce d'arbre qui passait à proximité de son couteau. « Alors, vous êtes contente ? lui demanda-t-il d'un ton agressif. — De quoi ? — De l'avoir consolée hier soir. Vous vouliez qu'elle vous apprécie, c'est chose faite. » Sélénée s'arrêta, préoccupée, mais reprit vite la cadence pour que Marie ne remarque rien. « Et alors, c'est quoi l'problème ? — Le problème, c'est que vous avez pris ma place. Je suis son ami, c'est moi qui aurais dû l'aider, pas vous ! » La guerrière le regarda droit dans les yeux. « Pour l'aider, tu aurais dû comprendre ce qu'elle avait, mais ça a pas été le cas. C'est pas moi que tu devrais blâmer. » Bronia resta planté sur place jusqu'à ce que la brunette arrive à sa hauteur.

La guerrière sentit un nouveau mal de tête et aux dents surgir alors qu'un manteau de crépuscule para le ciel. Elle essayait de se contrôler pour que ses deux camarades ne remarquent pas que quelque chose n'allait pas. Attrapant vite son médicament, elle calma la douleur. « Ça va ? s'inquiéta la brunette. — Oui, oui. T'en fais pas. » Le jeune homme l'observa avec plus de précision que son amie. « Il commence à faire nuit et on est tous un peu fatigués. On devrait peut-être établir un campement », proposa-t-il. Marie, qui avait appris comment faire, le lui enseigna à son tour, laissant la souffrante s'éloigner légèrement. « C'est entre toi et moi, s'adressa-t-elle tout bas à la lune, alors laissons-les en dehors de ça. » Une brise légère souffla, effleurant son oreille, comme pour approuver son choix.

« On était vraiment obligés de partir aussi tôt ? » La veille, l'endroit où ils avaient dormi n'était pas loin de la Clairière Enchantée, et ce jour-là, ils s'en rapprochaient encore plus. Bien sûr, Sélénée s'était gardée de le leur révéler. « Le soleil n'est pas encore levé ! se plaignit le jeune homme. — Oui, c'était essentiel, répondit placidement la guerrière. — Courage, Bronia ! ajouta Marie. Je suis sûre qu'on est presque arrivés. — Rôôh ! » La brunette leva les yeux au ciel en souriant. Ils marchèrent encore une bonne heure. Durant ce laps de temps, Sélénée les prit tour à tour tous les deux à part. Elle avait expliqué à Bronia que les entailles qu'elle faisait dans les arbres étaient pour qu'ils retrouvent leur chemin jusqu'à la clairière s'ils étaient amenés à se séparer. « Pourquoi nous nous séparerions ? avait questionné Bronia. — Mais je sais pas, moi ! Si jamais toi et Marie changez d'avis et avez envie d'y retourner. — Et c'est pas dangereux ? Je veux dire que la Clairière Enchantée est un lieu secret, non ? — Mais t'en fais pas, je sais ce que je fais. Regarde : les trous que j'ai faits ont la taille de l'ongle de mon petit doigt. Si c'est pas discret ! » À Marie, elle avait donné son visibule, une longue bobine de fil rouge capable de rendre invisibles ceux qui en enroulaient une partie autour de l'un de leurs membres. La jeune femme l'avait mise en garde sur la dangerosité de l'objet, car en échange, il se nourrissait des nutriments de l'individu porteur et pouvait en causer sa mort sans que celui-ci s'en rende compte si l'utilisation de l'objet excédait les deux heures pour une personne lambda. Cet objet, Sélénée l'avait obtenu en s'aventurant sur les terres des brûlés, des hommes non sorciers possédant le pouvoir du feu et perpétuant des actes sordides pour perpétuer la vengeance d'une femme décédée il y avait plus d'un millénaire et qu'ils avaient élevée au rang de demi-déesse. Elle s'en était sortie indemne, mais aurait pu y laisser sa vie. Ces souvenirs remontant à la surface de son esprit, elle pria la brunette de faire immédiatement demi-tour si elle croisait sur son chemin des arbres calcinés.

Une forte odeur de brûlé irrita les narines de la jeune Sélénée qui fut bientôt atteinte d'une forte quinte de toux qui la fit cracher. Sans plus se soucier de ces circonstances plus ou moins étranges, la jeune fille continua sa route, mais un coup à la tête la fit sombrer dans les ténèbres. Des cordes bien serrées frottaient ses bras quand elle se réveilla, mais elle n'était pas toute seule. Un petit groupe de Chasseurs se trouvait dans la même position qu'elle tandis que ceux qui leur faisaient face étaient libres de leurs mouvements. La vision de la jeune fille était encore floue quand un homme à l'hygiène pire qu'épouvantable se détacha des autres. Un crâne de bouc dissimulait sa calvitie et les cheveux qui lui restaient étaient longs. Il s'accroupit près de ses otages et croqua dans un morceau de charbon pour en expirer par la bouche son odeur effroyable. « Répugnant ! » s'insurgea la jeune Witch, ce qui attira l'attention du chef de la tribu du feu. Sous son regard méprisant, elle reprit : « Non, mais c'est vrai, un peu de savoir-vivre ne serait pas trop demandé. — Est-ce qu'elle pourrait la fermer ? grogna l'un des Chasseurs. Geoffroy, toi qui te trouves juste derrière elle, tu pourrais pas lui donner un coup pour qu'elle se calme ? » Le mangeur de charbon sourit avant de déclarer : « J'ai trouvé des choses intéressantes parmi vos biens, notamment beaucoup d'armes, et j'ai été déçu de ne trouver aucun objet suscitant de l'intérêt chez moi dans le sac à dos de la grande gueule, mais une question est venue me tarauder l'esprit : puisque peu de gens viennent nous rendre visite, alors que viennent foutre ici ces idiots du village ? » Un silence de plomb tomba avant que des murmures se fassent entendre : « Vous croyez qu'elle va nous abandonner ? — Mais non, elle va venir nous sauver. — Espérons qu'elle se dépêche avant que l'un de nous ne meure », avant que la jeune fille reprenne la parole : « Oh, si c'est cela qui vous titille, sachez que je n'ai absolument rien à voir avec eux et que, par conséquent, vous pourriez me libérer. » Elle essaya de se redresser sur ses jambes avant que l'un des hommes de la tribu du feu vienne la gifler, ce qui fit remonter un objet froid du haut de son pantalon. « Et bah, tu vois, je n'avais pas besoin de la calmer moi-même, commenta Geoffroy. — Bien, quelqu'un a-t-il d'autres remarques stupides à faire ou pouvons-nous discuter de choses sérieuses ? Non ? Parfait. Vous êtes entrés sur notre territoire sans notre permission, par conséquent, vous, hérétiques, êtes condamnés à être châtiés par les flammes. » En disant cela, une boule de feu s'était formée dans sa paume de main et les derniers arbres qui avaient survécu s'enflammèrent. La cadence de la lame frottant les cordes de la jeune fille s'accéléra. « Qu'est-ce qu'on fait maintenant ? commença à s'inquiéter l'un des Chasseurs. — Je sais pas pour vous, mais moi je fuis. » Les cordes lâchèrent enfin la jeune Sélénée et elle s'apprêta à braver les flammes et à les laisser à leur triste sort quand l'arbre qui se trouvait juste devant elle s'éteignit après avoir reçu une flèche en son cœur. « Qu'est-ce que... » D'autres flèches fusèrent et, prise par l'agitation et sachant que les membres de la tribu du feu se concentreraient uniquement sur cette mystérieuse archère, Sélénée rebroussa chemin pour aller aider le reste des otages. « Dépêche-toi ! » Celui qui venait de lui donner un ordre serait le dernier qu'elle libérerait, et si jamais elle manquait de temps pour lui, elle le laisserait tomber sans broncher. L'un des brûlés s'apprêta à lui asséner un coup de hachette, mais l'une des Chasseresses le neutralisa à temps. « Merci », souffla Witch en se demandant si finalement il n'aurait pas mieux valu pour sa propre peau qu'elle parte sans eux. Son couteau libéra le dernier captif. « Je peux prendre ça ? demanda-t-elle en désignant les deux hachettes tombées à terre,

baignant dans le sang de son ancien propriétaire.
« — Tu sais te battre ? » l'interrogea sa sauveuse.
La jeune fille hocha négativement la tête. « Alors, viens avec moi. » La Chasseresse para chaque coup de ses adversaires et en protégea la future guerrière tandis que l'archère quinquagénaire tirait toujours ces mêmes flèches stoppeuses de feu. Les hommes aux casques osseux battirent en retraite. Sélénée se retrouva seule, à l'écart des autres, avec sa protectrice. Elle se mit à rire nerveusement, n'en revenant pas de s'en être sortie. « Qu'est-ce que c'est ces flèches ? Comment ça fonctionne ? interrogea curieuse la jeune fille. — Les flèches de l'Honnête ? — L'Honnête ? — Son surnom, expliqua la Chasseresse. On l'appelle comme ça parce qu'elle est la seule à ne jamais mentir sur ses émotions. Elle les a trempées dans du sang de Gardienne, ça a un effet glaçant sur les métaux. — Mais je pensais que les Gardiennes étaient sacrées, s'étonna Sélénée. — Sacrée ne veut pas dire intouchable. — Ah... merci, se reprit-elle, vous savez, pour m'avoir sauvé la vie... — Mais je t'en prie, ça fait partie de notre devoir de protéger les gens, même les lâches dans ton genre qui n'hésitent pas à déguerpir en laissant pour morts les autres. Mais tu es revenue, alors je te retourne ton merci. Myrtille. » Elle avait tendu la main vers

la jeune fille. « Witch. » Le contact entre leurs deux mains n'était pas désagréable, mais quelque chose vint perturber ce contact sororal. Myrtille sentit le rubis de sa bague se tacher d'un nuage couleur sang séché. Fronçant des sourcils, elle conseilla la jeune fille : « Tu devrais partir et éviter les autres Chasseurs, cela vaut mieux. » Elle voulut suivre son instruction, mais sa sauveuse lui attrapa la manche. « Tiens, prends ça. Il te dissimulera à la vue de tous, mais apprends à t'en servir correctement. » La Chasseresse la laissa s'enfuir.

Sur le trajet emprunté, elles n'en virent aucun, par contre, elles entendirent plusieurs fois les plaintes inutiles de Bronia. « C'est pas humain de faire ça ! — Ça y est, on est arrivés, le coupa Sélénée qui n'en pouvait plus. — Donc... vous croyez que ça ça peut nous aider ? questionna Marie, devenue perplexe. — Oui, j'imagine. Allez, rentrez dedans et ressortez pas tant que rien se passe ! » les pressa la guerrière. Marie s'arrêta devant l'entrée du tunnel. « Tu ne viens pas avec nous ? — Nan, j'ai déjà vu. — Donc tu nous attends ici ? — Pour qui tu m'prends ? Allez-y maintenant ! » Ils ne contestèrent pas son ordre. La guerrière s'appuya contre la paroi rocheuse de l'entrée pendant qu'ils s'engouffraient de plus en plus profondément. Ils tâtaient la pierre pour ne pas heurter quelque chose. « Je ne vois vraiment pas ce qu'elle voulait qu'on découvre, commença Bronia. Cet endroit ressemble à une grotte et j'en ai déjà vu deux autres depuis que je l'ai rencontrée. J'espère qu'y a pas de bestioles là-dedans. — Mmh. » Marie était en train de palper un morceau de roche pointu à la verticale qui pointait le bout de son nez vers le plafond. *Étrange.* « Dis, tu m'écoutes ? — Mmh. Oui, oui. » Soudain, un faisceau de lumière venant de l'extérieur apparut dans la grotte, traversant chaque parcelle de roche, se révélant être du cristal. Le tunnel lumineux époustoufla les deux amis jusqu'à en avoir le souffle coupé. Restée seule en retrait, Sélénée avait vidé un peu plus sa potion anti-douleur. Quand elle remarqua que le soleil se levait, teintant le ciel de mille couleurs, elle la rangea dans son sac. « Bon… C'est le moment d'y aller. Bonne chance, Bronia, bonne chance, Marie, portez-vous bien. » Elle se détacha du mur et sa silhouette s'évanouit derrière les arbres. « Waouh, c'était incroyable. — Je ne pense pas que ça nous ait aidés, mais je suis d'accord avec Bronia. Merci beaucoup, Sélénée. Sélénée ? Bah, elle est passée où ? — Aller faire un besoin urgent, peut-être ? suggéra le jeune homme. — Non, elle nous aurait attendus pour nous prévenir si c'était le cas. Enfin… je crois. — Patientons un peu, elle va finir par revenir. — Tu dois avoir raison », concéda Marie. Et ils patientèrent… longtemps. « On devrait peut-être la chercher, maintenant, s'impatienta le jeune homme. — T'as raison. Il lui est peut-être arrivé quelque chose », s'inquiéta Marie. Bronia lui tendit la main. La jeune femme la saisit et, ensemble, ils partirent à sa recherche.

Sélénée les avait abandonnés. D'un pas saccadé, elle se pressait de s'éloigner d'eux, mais sans se mettre à courir non plus. Ces idiots ne s'étaient rendu compte de rien. Sélénée avait baissé sa garde, réfléchissant intensément à ce qu'il allait advenir d'eux, s'ils allaient bien suivre toutes ses instructions et retrouver le chemin de la Clairière, s'ils allaient remarquer la boucle qu'elle avait tracée pour qu'ils n'aient pas à refaire tout le trajet parcouru avec elle. D'un coup, elle sentit une présence assombrir les environs et finit par lever la tête. La peur cogna à sa poitrine et lui glaça le sang. Les rois cruels se tenaient à vingt mètres d'elle. Ses jambes s'étaient figées. « Mais regardez qui nous fait l'honneur de sa présence », déclara sarcastiquement l'Aîné. Sans se laisser le temps de réfléchir, Sélénée se mit à fuir, le plus rapidement possible.

Les poignets de la guerrière étaient fermement attachés au-dessus de sa tête. Dans son élan, elle s'était rendu compte qu'elle risquait de les mener vers Bronia et Marie. Déboussolée, elle s'était arrêtée un court instant pour choisir sa direction et avait repris sa course. Ce moment de réflexion avait été la cause de son enlèvement et à présent elle était sacrément amochée. L'Aîné tirait un certain plaisir sadique à exercer l'art de la torture. En à peine une heure, elle avait plus morflé que la brunette en plusieurs jours. S'étant mépris sur l'identité de Marie et croyant qu'elle était quelqu'un d'autre, il avait moins « exercé » sur elle. « Le sang, c'est sacré, même s'il est impur », se répétait-il souvent amèrement. Il était parti « faire une pause » depuis plusieurs minutes. Cette salle de torture, son « nouvel atelier », n'avait pas été aménagée dans les cachots, mais dans les anciennes écuries pour mieux « contempler son art ». Le tortionnaire aux mille victimes revint. Assis sur un rondin de bois, il croqua dans une pomme tout en fixant « sa nouvelle toile » déjà commencée, mais loin d'être achevée selon lui. Sélénée sentait son regard brûler sa peau, pouvait entendre distinctement les dents s'enfoncer dans le fruit, le morceau qui se détache du reste, la mastication lente et réfléchie pour le ramollir au maximum ainsi que la déglutition de l'aliment par la gorge. Puis il rouvrait la bouche et ces actions se répétaient sans aucun changement. Quand il eut fini son maigre repas, il posa ce qu'il en restait sur une table en bois où était posée une paire de gants qu'il enfila. Il s'approcha de Sélénée, tourna autour d'elle pour la réexaminer sous tous les angles, puis se replaça devant elle. Posant son index sur le front de sa victime, l'Aîné le repoussa. La tête de la guerrière penchait en arrière, mais une fois le contact rompu, elle retomba lourdement en avant. « Sais-tu ce qui est fatigant avec les gens comme toi ? C'est qu'il faut toujours se protéger pour vous torturer. » Une courte pause. Il l'étudia du regard. Elle aurait dû se débattre, essayer de se défaire de ses chaînes, repousser son ennemi d'un coup de jambe, retenir ses larmes, ses cris… mais elle n'en avait plus la force, Sélénée n'avait plus la force de rien. *Pathétique,* pensa-t-il. « Je vais te reposer la question une dernière fois : où se trouve la Clairière Enchantée et comment y accède-t-on ? » Rien. Pas un mot. Juste un profond désespoir. Le roi cruel se retourna et effleura du bout des doigts ses instruments de torture parfaitement bien alignés jusqu'à trouver celui qui pourrait le satisfaire en cet instant. Après avoir fait son choix, il s'apprêta à exhiber son nouveau joujou devant la face de son nouveau chef-d'œuvre. C'est alors que, venu de nulle part, un rire terrifiant à en hérisser les poils se fit entendre. « Je sais pourquoi vous voulez y accéder, ricana la femme aux yeux déments. Vous savez que les feuilles de ses arbres guérissent toutes les formes de peste, mais c'est trop tard, s'étouffa-t-elle presque dans son hystérie. Ces feuilles ne ramènent pas les morts à la vie, et la pestis femina a gagné contre vous à cause de votre négligence. » Les mèches collées contre le front brun par la sueur laissèrent transparaître pour la première une lueur de satisfaction dans son regard. Soudainement horrifié, l'Aîné lâcha son jouet et sortit prendre l'air pour se changer les idées.

Lycaon entra dans la tente, un bol rempli à ras bord en main. Sélénée se réveilla de sa brève sieste. Il prit une grande poignée du contenu et le fourra dans la bouche de la guerrière qui se débattait et finit par recracher ce mélange de sang, de chair et d'os broyés d'enfants. Il l'attrapa par la gorge et réinitia son essai. Il échoua, encore, et encore, et encore, jusqu'à ce qu'il ne reste plus rien dans le bol. « Tu me feras pas avaler cette merde ! » cracha la guerrière. Les lèvres de Gévaudan se retroussèrent en une mine de dégoût. « Tu es toujours aussi naïve et bornée qu'à l'époque. — Et toi, t'es toujours aussi lâche et faible et tu sers encore de chien aux puissants. » Le coup partit tout seul, frappant la joue de la jeune femme. « Oui, mais moi, je survivrai. — Et moi, je serai responsable de la mort d'aucun être humain. » Ses yeux jaune-marron teintés d'une touche de vert cruelle sourirent. « Tu ne sais même pas ce qui est arrivé à ta mère. — Je sais qu'elle est toujours en vie, reprit la jeune femme plus calmement. Tu ne m'en feras pas douter. — Nous verrons bien. » Sur ce, il s'apprêta à quitter « l'atelier », mais la jeune femme le retint, l'implora-t-elle soudainement : « T'es pas obligé d'faire ça. Dans mon sac, y a un flacon dont une goutte me suffit à comater pendant les deux prochains jours. S'il te plaît... À nos vieux souvenirs. Pour réparer cette fameuse nuit de trahison. — ... Je vais voir ce que je peux faire. — Merci », expira-t-elle. Il avait attendu qu'elle prononce ce dernier mot pour la laisser se replonger dans cette solitude préférable. La seule gentillesse repose parfois sur les souvenirs.

L'Aîné appela Gévaudan pour s'entretenir avec lui. Devant son soldat, il essuya une lame trempée de sang sur un vieux torchon. « Je ne lui donne pas vingt-quatre heures à tenir, déclara-t-il. Tant que tu m'en débarrasses et que tu n'en fais pas recours de la même manière que mon frère, fais-en ce que tu en veux. » Le roi lâcha le trousseau de clefs dans les mains du soldat et prit congé après avoir ajouté : « Je compte sur toi. » Trois mois s'étaient écoulés, lentement, les jours abondamment comme le sang de Sélénée à chaque séance privée. Ses cicatrices s'étaient refermées pour mieux être rouvertes, mais on ne pouvait plus la soigner pour mieux la torturer cette fois-ci. Elle n'avait rien dit, rien révélé, juste craché du sang, des cris et des larmes. Elle avait morflé et son corps trop éprouvé continuerait à la faire souffrir jusqu'à son dernier souffle. Le garde alla trouver Sélénée. « Lycaon ? » Ses mains tremblaient en manipulant les clefs, mais pas autant que le pauvre corps décharné. « Ça va aller, ça va aller », se répétait-il en trouvant enfin la bonne clef qui ouvrait les chaînes de la jeune femme. « J'ai mal, murmura-t-elle. — Je sais, mais ça ira, tu verras. » Elle serra les dents quand il détacha ses poignets. N'ayant plus la force de se tenir debout, Sélénée se sentit tomber. Lycaon, qui avait vu l'incident arriver, la rattrapa en la plaçant sur son dos. Il essaya de placer les bras de la guerrière autour de son cou et de les faire tenir tout seuls. Quant à ses bras à lui, ils retenaient les jambes de la guerrière, l'empêchant de glisser. Elle reposait sa tête sur laquelle étaient apparus des cheveux blancs au creux de l'épaule de son ami d'enfance. « Je vais mourir, déplora-t-elle pendant que Lycaon marchait dans les bois, s'éloignant le plus possible du château. Je veux pas mourir. — Tu ne vas pas mourir, Sélénée. Accroche-toi, d'accord ? » L'entendre prononcer son nom dans sa bouche fit monter aux yeux bleus de la jeune femme ses dernières larmes. « Lycaon… insista-t-elle. Lycaon… — Oui ? — J'ai faim, j'ai vraiment faim. » L'homme paniqué chercha des yeux de quoi la sustenter de peur que ce ne soit non pas ses plaies qui l'achèvent, mais l'inanition. Ne trouvant rien à proximité, il décida de l'asseoir contre un arbre. La jeune femme retint inutilement ses gémissements de douleur, car elle n'avait plus assez de voix pour crier. Sa poitrine se soulevait et s'abaissait de moins en moins fréquemment, et son souffle se faisait plus lent et plus irrégulier. « Ne t'en fais pas, j'arrive tout de suite. » Avant de se relever, il ramena les deux mains de la guerrière sur ses plaies au ventre pour diminuer les saignements. Il voulut partir, mais une main attrapa la sienne. « Merci, Lycaon », souffla Sélénée. Gévaudan perçut dans ses yeux bleus une petite lumière scintiller. Il ne perdit pas un instant et courut chercher le moindre morceau de nourriture comestible. La guerrière le suivit du regard. Une fois celui-ci disparu de son champ de vision, elle laissa sa tête s'incliner sur le côté, ses larmes couler, son dernier éclat de vie dans ses yeux briller un instant avant d'être effacé par l'affaissement de ses paupières.

Quand Lycaon revint, il lâcha ce qu'il tenait dans les mains. Il voyait l'empereur des Aulnes se pencher et soulever l'âme de la jeune femme. Il allait l'emmener avec lui dans son traîneau. Elle allait disparaître pour toujours ! Le soldat s'apprêtait à l'arracher de ses bras, mais la Mort épaissit son mur de brume, l'empêchant de faire un pas de plus. Quand le barrage s'atténua, il ne restait qu'un drap de chrysanthèmes blancs et le pauvre homme écroulé sur ses genoux.

Contes et légendes de la Forêt

La Séparation

Au commencement, après que les dieux eurent bâti la Forêt et l'eurent délimitée par une chaîne de montagnes, ils donnèrent naissance à la Vie. Mais la Vie était incomplète et ne pouvait exister seule, alors les dieux créèrent la Mort.

Tout n'était pas parfait, car la Vie était d'humeur changeante et arborait de multiples personnalités. Quant à la Mort, il était froid et distant ainsi que très peu réactif et d'un calme inquiétant. La Vie faisait fleurir et pousser les plantes, la Mort les faisait faner et pourrir. Les deux hommes passaient tout leur temps ensemble. Ce fut la Vie qui fit germer leur histoire d'amour. Mais ils ne furent bientôt plus les seuls habitants de la Forêt, des animaux puis des hommes vinrent en fouler la terre. La Vie eut soudainement d'autres occupations, mais à chacune de ses conquêtes la Mort intervenait. La Vie en eut assez. Les deux hommes se querellèrent. La Mort mit fin à leur relation. Les deux hommes ne supportaient plus de se voir, alors la Mort quémanda aux dieux une possession. Avant de partir pour ses terres et d'y emmener les âmes errantes, il laissa une trace de

son passage dans le royaume des Vivants.
Depuis, l'empereur des Aulnes et le roi des Cyprès
sont séparés.

La naissance du Soleil

Au temps où la Forêt ne possédait comme lumière que celle des diamants incrustés dans le ciel, vivait dans un village indépendant une petite fille aux pouvoirs extraordinaires. Un jour, alors que ses pouvoirs étaient à fleur de peau, ils explosèrent en une nuée de flammes. L'une des étoiles du firmament prit feu et commença à se déplacer tout comme la Lune. C'est la raison pour laquelle le Soleil est condamné à s'éteindre.

Tana avait apporté une lumière plus vive, plus éclatante à son monde, elle était alors admirée de tous. Mais en grandissant, ses pouvoirs devinrent instables et dangereux, si bien qu'elle fut chassée de son village. Elle se promit qu'elle reviendrait et qu'elle se vengerait, ou si ce n'était pas elle, ce serait quelqu'un d'autre.

La Hache

Il était une fois deux petites qui se détestaient bien plus que tout au monde, mais ne pouvaient malheureusement être séparées, car leurs poignets étaient reliés par une chaînette que l'on disait incassable. Ils avaient été scellés après l'union de leurs parents. Lorsque le père de l'aînée offrit une rose blanche dont les pétales étaient faits de sucre à la mère de la cadette, celle-ci accepta à la condition que leurs filles ne soient jamais séparées l'une de l'autre. Le père ayant accepté sa condition, il se piqua le petit doigt à une épine de la fleur et une fine goutte de sang tomba par terre, faisant apparaître la chaînette en question. La mère prit la fleur et ingéra les pétales. Elle tomba immédiatement enceinte. Ainsi, elle pouvait abandonner sa première enfant sans remords avec l'autre dans une vieille maisonnette délabrée pour partir vivre sa nouvelle idylle et sa nouvelle maternité sans courir le risque que son bonheur s'en retrouve compromis.

Les deux enfants avaient beau faire tous les efforts possibles et imaginables pour s'apprécier, jamais au grand jamais elles n'y parvinrent. Aucune des deux n'avait eu l'intention de se nuire mutuellement, pourtant chacune souffrait horriblement de l'omniprésence de l'autre. L'une des deux était tellement de fois en colère qu'elle ne savait plus ressentir aucune autre émotion à part celle-ci et éprouvait sans cesse de la jalousie pour les autres qu'elle refusait de se rendre compte de la chance qu'elle avait malgré tout. Quant à l'autre, elle s'était tant de fois apitoyée sur son sort qu'elle ne pouvait plus ressentir de l'empathie à l'égard d'autrui et avait tant de fois pleuré que ses yeux s'étaient asséchés jusqu'à s'en être teintés de sang. Les deux filles étaient incapables de se comprendre, d'où le fossé qui les séparait.

Un jour, Omélie se leva plus fatiguée et lassée de cette situation. Cependant, quelque chose avait changé en elle. Elle n'était plus triste, non, elle était en colère, en colère contre sa marâtre, en colère contre son père et surtout en colère… contre sa quasi-sœur. Elle remarqua d'ailleurs que celle-ci était encore endormie, ce qui était fort inhabituel. Cette dernière ronflait, ce qui l'horripilait. Omélie désirait réveiller sa quasi-sœur pour faire taire ce tintamarre. En premier lieu, elle lui tapota l'épaule. Cette méthode ne fonctionnant pas, elle se mit à la gifler, doucement au début, puis de plus en plus violemment. C'est à ce moment-là qu'une idée macabre la traversa comme un spectre. Prise soudainement d'un accès de folie, elle lui attrapa les deux bras et la traîna hors de la maisonnette. Elle la lâcha sans une once de délicatesse près d'un tronc d'arbre coupé dans lequel était enfoncée une hache. La raison lui revenant légèrement, elle essaya d'abord de faire ce qu'elle avait essayé de faire toutes ces années : briser la chaînette. Après maints essais, elle échouait à nouveau. La petite chaîne n'avait pas même une rayure. Omélie posa son regard sur son poignet puis sur Nadia. Omélie était incapable de se faire du mal à elle-même, mais pas à Nadia, et elle ne culpabiliserait certainement pas d'en faire à cette garce. Si Omélie était la reine de l'égoïsme, la mère de Nadia en était la créatrice. Avec son pied, Omélie écarta le bras de Nadia du reste de son corps. Elle commença à prendre de l'élan et s'arrêta net. Si elle faisait ça, Nadia la poursuivrait pour le restant de ses jours pour les rattacher l'une à l'autre pour l'éternité. Malgré leur haine réciproque grandissante de jour en jour, Nadia n'était rien, absolument rien sans Omélie, et les deux filles en avaient parfaitement conscience. Elle décida alors de tuer sa quasi-sœur. Cette dernière ne ressentirait rien. Un coup : les oiseaux déguerpirent de leur perchoir. Un deuxième : la main se détacha du corps. Un troisième : il ne restait que la petite chaîne. Depuis ce jour, la hache devint l'instrument utilisé pour les exécutions et fut considérée comme l'arme existante la plus dangereuse.

Nés du sang

Carma Astarté caressait du bout des doigts les initiales gravées dans la brosse en argent posée sur sa coiffeuse. Si elle n'était pas aveugle, elle aurait pu voir dans le miroir en face d'elle son ami adossé contre le cadre de la porte. « L'Oracle se fait belle aujourd'hui ? » Carma se retourna vivement. Elle reconnut le son des pas qui se rapprochaient. « C'est toi », dit-elle en esquissant un sourire. L'homme s'appuya contre le lit à baldaquin, la seule chose qui avait de la valeur dans cette pièce. Bien sûr, la coiffeuse, le miroir et la brosse en avaient eu, mais c'était il y a bien longtemps. Même les murs de l'habitation étaient décrépis. La prophétesse Astarté le savait malgré ses problèmes de vue. Elle se leva et se mit à faire les cent pas dans la pièce. « La journée est-elle chargée ? — Mmh. » Elle se pencha pour ramasser un foulard coloré qu'elle noua sous son front pour cacher ses yeux. Pourtant, elle n'avait pas à se cacher en sa présence. « N'en as-tu pas assez de te vendre de la sorte ? » demanda-t-il calmement. Ils en avaient déjà parlé la dernière fois. « Ici, les gens comme moi sont rejetés, voire exécutés, car ils sont considérés comme inutiles, mais… — Mais ? — Ne t'en fais pas, je ne compte pas faire cela toute ma vie. Je m'en irai quand j'aurai remboursé mes dettes. Je veux avoir une vie, une vraie, et des enfants surtout. » Son ami détendit les muscles de sa mâchoire. Carma le laissa seul dans sa chambre pour se rendre au temple impérial.

Le soir, quand elle revint du temple fort exténuée, quelqu'un surgit de nulle part. L'inconnu lui poignarda le ventre. « Sorcière ! » rugit-il en s'enfuyant dans le crépuscule. C'est là qu'au détour d'un couloir la Mort arriva. « Aux dieux ! » s'écria son ami en entrant dans la chambre. Il la prit dans ses bras et soutint sa nuque pour qu'elle le regarde une dernière fois. « Je suis désolée, dit-elle, je ne vais pas pouvoir te rejoindre. » L'Oracle, malgré les objections de l'homme, retira le poignard pour accélérer sa mort. Elle mourut, mais la Mort ne put emmener son âme dans son empire. Son seul et unique ami la pleurait silencieusement, car il ne pourrait plus jamais la revoir. Il regarda sa main couverte de son sang encore chaud. « Tu voulais des enfants », la plaignit-il.

Les premiers zoanthropes

Une grosse libellule bleue se posa délicatement sur une haute herbe et la fit imperceptiblement pencher. La Lune était belle, pleine et immense cette nuit-là. Toute la Forêt semblait avoir été plongée dans un profond sommeil, comme si tout cet écosystème obéissait uniquement à cet astre. À chaque pleine lune, soit toutes les deux semaines, les hommes ne sortaient pas de chez eux, ainsi était la volonté des dieux. Mais de l'agitation vint perturber cette atmosphère calme et la libellule prit son envol. Les frères Kuma faisaient la course à travers les bois de bambou. L'aîné s'arrêta et lança un sourire narquois à son cadet. Il avait gagné. Mais celui-ci, déterminé, s'élança pour reprendre la course. Ils voltigeaient, sautaient, couraient, grimpaient. Plus tard, ils firent une pause pour se désaltérer. Ils riaient et s'amusaient, tous deux comblés par cette sincère amitié fraternelle. Ils ne remarquèrent pas qu'à l'endroit où la Lune se reflétait de toute sa splendeur divine dans l'eau, du sang vint souiller la pureté du fluide. Les ombres aux silhouettes humaines laissèrent place à deux silhouettes bestiales. Des cris de douleur finirent de faire taire le silence de la nuit. Après cet incident, les seuls humains qui osèrent traverser la Forêt les nuits de pleine lune étaient des téméraires, des inconscients et des fous.

La Pleureuse endeuillée

Il y avait les ténèbres. De grosses masses noires se formaient et se divisaient. Elles glissaient étrangement dans le vide infini.

Un seau d'eau se déversa sur Ténèbre qui manqua de s'étouffer avec. Elle reprit son souffle péniblement, toussa beaucoup. D'innombrables gouttes d'eau tombaient de ses cheveux et son gros pull en laine en était entièrement imbibé. De ses yeux aux iris presque absents, des traînées noires partaient et descendaient jusqu'en dessous de ses cernes. Ténèbre se redressa et fixa l'infini obscur qui se dressait devant elle. « Impressionnant. » Un homme se détacha de l'ombre. Il n'avait nullement besoin d'effectuer l'un de ses applaudissements cyniques, son regard le faisait déjà. « Que voulez-vous ? cracha Ténèbre, irritée. — Ton pouvoir. » En soufflant ces mots, il s'était approché d'elle puis lui agrippa ses cheveux courts. La tête maintenue en arrière, elle grimaça légèrement à cause de la douleur. L'homme plongea sa main libre dans le pull de la femme. Il en sortit une chaînette au bout de laquelle pendait un élégant et fin sifflet. Au contact de l'homme, le pendentif, qui était auparavant de couleur argent, prit une teinte dorée. Le ravisseur le passa autour de son poignet et s'éloigna pour mieux examiner l'objet où était gravé sur le dessus : « L'appel des morts ». L'homme sourit.

Ténèbre avait été conduite dans une chambre. Le lit à baldaquin, comme tous les meubles, étaient en bois. Assise sur un coffre, elle rencontra son reflet. Se découvrant ainsi, elle pleura à froides larmes. « Anouk… Anouk… » Lui, celui qui avait récupéré le sifflet de Ténèbre, se trouvait dans le salon couleur andrinople. Il caressait tendrement le portrait qui se trouvait dans un petit cadre ovale puis le posa. « Je te promets de te ramener par tous les moyens, mon amour. » Après avoir prononcé ces mots, il leva la tête vers le plafond. Au-dessus de lui se trouvait la chambre de sa prisonnière.

Ils avaient marché quelques minutes à peine quand ils s'arrêtèrent. « Voilà, c'est ici qu'elle est morte. » Il se tourna vers Ténèbre et, accompagné d'un signe du bras, lui ordonna de s'approcher. La prisonnière effectua d'abord un pas en arrière par peur puis se résigna à avancer à contrecœur. Quand elle arriva à sa hauteur, il passa un bras derrière son dos pour la pousser encore plus près des chrysanthèmes piétinés.

« Maintenant, tu sais ce que tu dois faire. » Les iris de Ténèbre disparurent sous ses paupières et ses larmes noires devinrent translucides. Ténèbre fut projetée en avant et tomba sur le sol. Une forte bourrasque balayait ses cheveux de droite à gauche et causait des tempêtes de sable. La femme aux cheveux noirs, perdant son sang-froid, regarda de tous les côtés. Elle attrapa de ses deux mains une lourde poignée de sable foncé et poussa sur ses jambes pour disparaître. Elle réapparut complètement épuisée et trébucha sur le sol. « Anouk… c'est bien toi ? » Pendant que l'homme s'approchait de l'illusion formée par la poignée de sable, Ténèbre se releva et commença à fuir. Il toucha la masse mouvante qui se décomposa à son contact. « Non ! s'étrangla-t-il. Non ! » Quatre à six arbres la séparaient du veuf quand un sifflement particulier parvint à ses oreilles. Ses traits se décomposèrent. Elle se retourna vers l'homme pour lui faire face une dernière fois. Ses bras se croisèrent sur son torse et elle tomba sur le sol, raide morte. Ses iris et ses larmes disparurent. Elle était retournée à l'Empire des morts.

Le Soulèvement

Il était une fois, un royaume paisible qui respirait le bonheur et la fertilité grâce à un envoyé des dieux ayant reçu pour mission de gouverner, mettant fin à la souveraineté d'une dynastie corrompue. Ce royaume reçut une seconde chance de restaurer la paix et l'abondance qui avaient disparu suite aux conflits, aux guerres et aux meurtres de masse entre plusieurs individus. Mais plus les siècles passaient, plus l'Envoyé se transformait en humain, plus son esprit se pervertissait. Un jour, il viola une femme et la tua. Il y prit tant de plaisir que le lendemain un décret fut cloué sur chaque porte de chaque maison. Chaque année, un quart des femmes ayant atteint la majorité seraient choisies et offertes par le roi, pour le roi. Nombreux s'y opposèrent, nombreux finirent torturés jusqu'à la mort.

« Je relance la mise ! » déclara joyeusement Ombrage. Les gens qui l'entouraient se mirent à rire d'excitation. Ils se trouvaient dans l'une des immenses salles du château de Cadmus, surnommé le roi dragon. C'était une salle de jeux d'argent. L'endroit empestait l'alcool et le cigare.

Ombrage s'amusait avec ses amis à parier au poker sur une table basse. Il était aux anges. Il venait de remporter la partie une deuxième fois. Le jeune homme se penchait pour ramasser ses gains quand un silence pesant tomba sur les lieux. Cadmus venait d'entrer, suivi de quelques gardes, et se dirigeait vers leur table de jeu. Toute la salle fixait son roi, intriguée et inquiète. Le gagnant de la partie de poker finit par apercevoir une jeune femme menottée. Son visage arborait une cordelette en cuir qui transperçait son nez, sa bouche et son oreille. Des breloques argentées y étaient suspendues. Les symboles gravés dessus étaient ceux d'une vieille baronnie ayant fait fortune dans le marché. Elle venait probablement d'une famille étrangère, immigrée il y a plusieurs générations, à l'époque où ces terres étaient paisibles, et avait conservé ses traditions. Cadmus, apercevant Ombrage fixer trop longtemps son offrande, vint s'asseoir à leur table avec une démarche de prédateur. Il ramassa les cartes, les mélangea à peine puis les distribua inéquitablement. Il en jeta une au centre, puis une deuxième et les autres joueurs firent semblant de jouer à ce jeu inexistant. Ombrage ne le lâcha que très peu des yeux, sentant bien un goût amer se former dans sa bouche. Quand le roi en eut assez de jouer à ce petit jeu, il quitta la table. Arrivé à la hauteur de son offrande qui peinait à dissimuler sa peur, il caressa sa joue. La pauvre éclata en sanglots. Enfin, il se retourna vers le jeune homme qu'il trouvait intrigant et lui dit : « N'est-elle pas ravissante ? » Ombrage ne dit mot, mais finit par hocher faiblement la tête.

Penché par-dessus la balustrade, Ombrage toussait bruyamment. « Est-ce que vous allez bien ? » Il se retourna, nauséeux. « Oui, oui. Ne vous en faites pas. » Il s'essuya les lèvres avec sa manche. Son ami, qui avait sorti son mouchoir trop tard, le rangea. « Rentrons à l'intérieur, cela vaut mieux, croyez-moi, déclara-t-il en lui donnant deux tapes dans le dos et le guida. Vous allez finir par attraper une pneumonie. » Puis, pour passer à une conversation plus agréable, changea de sujet : « Il me semble qu'à chaque fois que vous venez ici, vous gagnez plus d'argent que vous n'en perdez. Il vous faudra un jour me révéler votre secret, mon cher. — Je n'y manquerai pas, vous pouvez compter sur moi », sourit Ombrage.

Des reniflements en provenance de la chambre d'Ombrage se faisaient entendre. C'étaient des pleurs. « Ça va, ma chérie ? » Sa mère s'assit à côté de lui sur le lit, elle lui essuya les larmes qui mouillaient ses joues. « Maman… est-ce qu'un jour les choses vont changer ?

demanda désespérément le jeune homme. — Ne t'en fais pas, ma petite Ombeline, rassura la mère, un jour, on quittera cet endroit. — Mais comment ? Et pour aller où ? — On improvisera. C'est ce qui est chouette avec l'avenir, c'est qu'on peut toujours improviser. » Elle exerça des caresses réconfortantes des épaules aux poignets et des poignets aux épaules de son enfant. « Je trouverai un travail pas trop fatigant et toi tu pourras vivre en tant que femme. Tu te marieras à un homme riche et tu auras des enfants et une belle vie. — Mais Maman… et si… et si je voulais vivre ma vie en tant qu'homme ? » Sa mère le gifla fortement. Il n'avait pas eu le temps de la voir venir. « Écoute-moi bien, Ombeline : Je n'ai pas caché ton sexe à la naissance pour que tu deviennes une espèce de je-ne-sais-quoi, mais pour te protéger ! » Ombrage frotta sa joue moins endolorie que son âme.

Ombrage frappait rageusement le tronc d'un sapin décimé par la foudre. « Vous allez bien, mon ami ? » C'était Ohanko, l'ami du balcon, qui l'avait surpris. « Comme vous voyez », cria à moitié le jeune homme. « Cela fait des jours que nous ne nous sommes pas vus. Depuis ce fameux soir où vous vous trouviez mal en point. Le seriez-vous encore ? — Juste un peu fiévreux. — Et serait-ce ce mal-là qui vous met dans un état pareil ? » Ombrage exécuta deux nouveaux coups de poing avant de se mettre à hurler. « Aah ! Merde ! Meeerde ! Ah ! » Il remit un coup de poing dans le tronc pour se venger. Il voulut partir, mais Ohanko posa une main sur son torse pour l'arrêter. « Attendez. » L'homme aux cheveux châtains soupira en levant les yeux au ciel. Ohanko prit ses mains dans les siennes et les regarda. « Je ne peux pas vous laisser partir comme ça. Vos mains, elles sont couvertes de sang. Si vous voulez, j'ai de quoi vous soigner chez moi. » Ombrage les observa à son tour et céda.

Le feu qui crépitait dans la cheminée produisait une ambiance réconfortante et chaleureuse. Assis sur un vieux canapé, Ohanko retirait minutieusement les échardes de la peau à vif. « Putain ! — Cessez d'être vulgaire, voyons ! » L'improvisé soigneur désinfecta la plaie et alla chercher ses pommades. Ombrage observait la bûche claquer sous l'effet des flammes puis ses mains humidifiées. Ohanko revint, les mains chargées d'un plateau garni d'onguents apaisants et cicatrisants et autres matériels médicaux. Il ouvrit un flacon et en appliqua son contenu sur les plaies de son invité. « Merdee ! » Le châtain se leva d'un coup. « Ne faites pas l'enfant ! Si je ne soigne pas votre blessure, il y a de fortes chances qu'elle finisse par s'infecter ! » Ombrage souffla d'exaspération et se rassit. Il continua néanmoins à grimacer et à râler. Une fois le travail terminé et les mains abîmées recouvertes de bandages bien serrés, Ohanko déposa le plateau par terre. « Vous devriez revenir tous les jours pendant un certain temps pour éviter que vos lésions ne sécrètent du pus. — Ne serait-ce pas une excuse pour pouvoir me voir plus souvent ? » s'amusa son patient. Gêné, son ami détourna la tête avant de prendre un air sérieux. « Tu sais, Ombrage, cela fait longtemps que mes sentiments pour toi ont, comment dire, évolué, et je... je... » En disant cela, ses mains avaient glissé sur le canapé pour aller chercher celles du châtain posées sur ses genoux pour les serrer puis les desserrer. Les mains soignantes étaient remontées sur ses bras, les avaient caressés et étaient remontées sur ses joues. « Je crois que je t'aime. » Ses yeux noirs s'étaient levés vers les siens. Leur souffle se mélangeait, leurs lèvres étaient si proches... « Je dois te dire quelque chose. » Ohanko se leva, déçu, pour aller se servir un verre. Embarrassé, Ombrage continua : « Même si aujourd'hui je suis un homme et que je me considère comme tel, ce ne fut pas le cas à ma naissance... Ma mère a caché mon sexe pour me protéger de Cadmus. J'espère que tu comprends ce que je veux dire. »

Ohanko faisait passer sa gorgée d'alcool de droite à gauche comme un bain de bouche, avant de finir par l'avaler. « Et c'est tout ? — Si je te dis tout cela, c'est parce que moi aussi, je t'aime. » Leurs regards se croisèrent et Ohanko se précipita pour l'embrasser.

Ombrage était retourné au casino, toujours accompagné par Ohanko. Ils semblaient très proches, mais cela ne choquait personne. Dans cette région de la Forêt, beaucoup d'hommes avaient pour première idylle un autre homme, avant de se marier avec une femme non sacrifiée et d'avoir une vie rangée. En haut, dans ses appartements, Cadmus réfléchissait. Il savait, il savait qu'Ombrage était né avec des organes féminins. Son odeur, sa faiblesse quand il dévisageait les victimes, tout le prouvait. Certains parents, les plus fous, défiguraient leurs filles à la naissance, il en voyait souvent, mais ça, ça… *C'était de la triche !* pensa-t-il. Il s'imaginait l'avoir sous la main, là, avec lui, et commettre des choses obscènes avec. Dans un minuscule coin de la pièce gémissait une frêle silhouette faisant cliqueter ses chaînes. « Ta gueule ! » hurla-t-il en jetant son verre dans le feu, faisant s'élever les flammes.

Les amoureux se réveillèrent paisiblement dans la lumière matinale. Ohanko caressa la joue de son amant. « Je t'aime », chuchota-t-il tendrement. Il déposa un chaste baiser sur ses lèvres et se leva du lit pour aller se servir un verre d'eau. Ombrage le rejoignit et l'enlaça. Il fermait les yeux et respira son parfum. « Quelque chose te tracasserait-il ? Je te sens si loin de moi. — Je réfléchissais, c'est tout, lui répondit l'homme aux yeux noirs en finissant de boire son rafraîchissement. — Tu en es sûr ? » Ohanko reposa son verre puis se retourna vers son amant. Ombrage rouvrit les yeux et observa ceux plongés dans les siens. « Je réfléchissais à ce que tu m'as dit. — Ce que je t'ai dit ? répéta un Ombrage incrédule. — Oui, à ce qui aurait pu t'arriver… ce qui peut t'arriver si jamais quelqu'un le découvrait… si « il » le découvrait. — Il ne m'arrivera rien, le rassura le châtain. — Comment peux-tu en être si sûr ? s'inquiéta d'autant plus Ohanko, son pouce caressant la joue de son aimé. — Il ne m'arrivera rien, te dis-je. — Mais si un jour il t'arrive quelque chose, je ne pourrai rien faire pour… — À quoi bon y penser puisque ce jour-là n'est pas près d'arriver. — Mais tout de même ! s'emporta Ohanko. Pense à toutes ces jeunes filles qui… qui n'ont pas eu la même chance que toi… » Ses yeux s'embuèrent de larmes. « Ma tante… ma tante n'a pas eu la même chance que toi. Elle… elle fait… faisait partie des jeunes femmes choisies par et pour "lui". Elle était la sœur jumelle de mon père. » Il retint mal un gémissement. « Mon père… il ne s'en est jamais remis. Si mon père avait… avait été une femme, lui au-aussi aurait fini exactement comme elle. L-le pire, c'est ce que Cadmus a dit à mon père, il en a retenu chacun des mots : "Dommage que tu ne sois pas une femme toi aussi, j'ai toujours rêvé de me faire des jumelles." » Ohanko s'arrêta de pleurer. Il passa sa main sur son visage et effaça ses larmes. Ayant repris de l'assurance, il déclara : « Je refuse, tu m'entends, je refuse de laisser, ne serait-ce qu'une personne de plus souffrir de l'enlèvement, la séquestration, la torture et la mise à mort de l'un de ses proches. — Et que veux-tu faire ? demanda Ombrage, amer. — Sais-tu comment une telle horreur prend fin ? Quand une population est constamment soumise à la terreur, ils n'osent pas commettre le moindre faux pas, mais quand la survie prend le dessus, c'est là qu'elle se révolte. La seule chose que nous avons à faire est d'éveiller notre peuple à cet instinct animal et de l'orienter dans la bonne direction. — Et comment connais-tu toutes ces choses ? questionna le châtain, dubitatif. — J'ai lu, énormément. La plus grosse erreur de Cadmus a été de ne pas incendier sa bibliothèque. » Ombrage esquissa un sourire. « Par quoi commençons-nous ? »

Des mères, des pères, des sœurs, des frères, des amis révoltés et endeuillés s'étaient joints au groupe d'amis d'Ombrage. Ils jetaient des solutions inflammables sur les maisons des ministres et des soldats, des complices de ce régime qui avaient pour la plupart déserté en abandonnant leurs familles. Cadmus, brûlant de rage, fixait les coupoles dorées de son château s'embraser, perdant de leur magnificence. Son regard se porta sur le châtain. Il serra les poings, finit sa flasque et la jeta dans l'herbe, traversa la foule qui fuyait le village en feu. Étrangement, personne ne lui prêta attention. Il passa devant une ferme et arracha de la terre une fourche rouillée. Sa cible était là, au milieu de toute cette agitation, à mi-chemin entre la dernière maison du village et les bois de sapins : la liberté. Il attendait Ohanko et toute sa petite troupe. Cadmus arriva du côté opposé à là où son regard se posait pour lui asséner un coup. Le châtain se dégagea à temps. Néanmoins, la fourche lui décocha un coup dans le genou, ce qui le fit trébucher. Ombrage essaya tant bien que mal de rouler sur le sol pour l'esquiver. Cadmus se plaça au-dessus de lui. « Tu aurais dû me revenir ! Toutes ces garces auraient dû me revenir ! » Il éleva l'outil pour mieux mettre un terme à la vie du jeune homme. Les mains d'Ombrage tenaient fermement les dents de la fourche, ses bras tremblants, pour la retenir. « Tu oublies deux choses, articula-t-il difficilement : je suis un homme... et je ne te permets pas de parler des femmes de cette façon ! » Les bras d'Ombrage lâchèrent prise quand l'ancien roi tomba, emporté par le coup de poing de l'un de ses amis. Il lui prit la main et le tira pour le relever et l'aida à marcher jusqu'à la lisière des bois où se trouvait le reste du petit groupe. Ohanko se retint de le prendre dans ses bras de soulagement. « Il faut y aller », déclara-t-il calmement, mais quelque chose plusieurs mètres derrière Ombrage retint son attention. Cadmus s'était relevé et envoya l'outil avec force et précision vers Ombrage. Ohanko se jeta sur lui, le serra fort et échangea sa place. Il fermait les yeux si fort, avait peur, mais les rouvrit. Rien. Il scruta Ombrage dont le regard s'était décomposé. Une dague lancée par l'un de leurs camarades s'était logée dans le cou du roi déchu. Ils étaient hors de danger. Ombrage, fébrile, se détacha de son amoureux et alla se jeter près du corps allongé de sa mère. Elle avait des larmes au coin des yeux malgré son grand sourire. Quant à lui, il pleurait. « Chhh... chhh... ne pleure pas ma toute, toute petite fille… Vis ta vie, sois une femme, une vraie. » Elle ferma les yeux pour toujours et sans le savoir, Cadmus venait de le débarrasser du dernier obstacle à son bonheur.

Un roi de sang

À une époque lointaine, les dirigeants n'étaient choisis ni par le peuple ni par leur naissance ni par leurs richesses, mais par la couleur de leur sang. Lorsqu'une personne possédait des talents de meneur honorable, le fer présent dans son sang était au fur et à mesure remplacé par du cuivre et, si sa première occupation était la justice et le bonheur d'autrui, il s'oxydait, donc se colorait en bleu.

C'est exactement deux siècles et demi après la découverte de cette faculté sanguine, mais surtout de sa relégation au rang de simple légende, que la poitrine du roi Berg se soulevait et s'affaissait avec difficulté. Il s'était allongé sur son lit recouvert de multiples couches de couvertures et de draps tandis que le feu crépitait dans la cheminée. Le médecin en chef retira le dos de sa main du front fiévreux. Il se tourna vers le Premier ministre, résigné, secoua négativement la tête avant d'annoncer tristement : « Nous ne pouvons plus rien faire pour lui. — Lai… laissez-moi seul avec ma fille », pria le mourant. Les médecins se tournèrent vers le Premier ministre qui acquiesça.

Ils tirèrent la révérence puis s'éclipsèrent. Quand le ministre referma la porte, la jeune princesse se jeta au pied du lit de son père et vint saisir sa main. « Père… — Ma fille, il gémit puis reprit, tu es mon trésor le plus précieux, la plus belle chose qui me soit arrivée dans ma vie, le son "i" trembla, j'espère que tu le sais. Je n'aurais pu souhaiter avoir un meilleur héritier. » Il fit une pause pour remplir ses vieux poumons malades d'air. La princesse Écho lui prêtait toute son attention, des larmes au coin des yeux. « Du sang royal coule dans tes veines, ne l'oublie jamais. » Il étouffa une quinte de toux. « Accomplis la destinée qui est la tienne. — Père… je vous demande pardon. » Mais le roi n'entendit pas ces derniers mots. Sans perdre une seconde, Écho se leva, pré-essuya les larmes qui menaçaient de couler et prit le sac qu'elle avait caché dans un tiroir pour l'enfiler par-dessus ses épaules. Elle se précipita en direction de la grande tapisserie et en tira un pan, dévoilant l'escalier hélicoïdal de la tour est. Elle s'élança, mais ne bougea pas, sentant comme une présence derrière elle. Fallait-il qu'elle se retourne ? Fallait-il qu'elle lui dise au revoir ? Elle ne changea pas d'avis et dévala les marches avant que de la brume n'envahisse la chambre.

Écho débarqua dans les écuries et monta à cru sur un bel et grand étalon couleur chocolat. Elle s'enfuit en galopant à toute allure, ses doigts cramponnés à la longue crinière de l'animal. Les soldats qui montaient la garde depuis les murailles remarquèrent une forme sombre quitter le château comme un voleur et ils n'avaient vu personne quitter la forteresse par la grande porte. Les archers ayant reçu l'ordre de tirer parvinrent à loger une flèche dans la monture de la princesse. Le cheval, blessé, bascula. L'héritière dut dégager son pied resté coincé. Elle avait mal, les traits de son visage se déformaient en une horrible grimace. Ses deux bras essayaient de la tirer loin de la grosse masse de poils soyeux. La princesse faillit céder aux larmes, à la détresse et à la colère. Son père venait de mourir et maintenant ça ! Un craquement se fit entendre avant qu'elle réussisse enfin à se dégager. Elle se releva en boitant et se dirigea vers les bois, y trouva un gros bâton et s'en servit comme canne. Écho ravala sa salive pâteuse et avança. Au loin, des torches enflammées sortaient du château par la grande porte. La fugitive marcha toute la nuit. Au petit matin, elle s'écroula d'épuisement sous un ciel taché de rose.

Quand l'ancienne princesse se réveilla, le soleil était haut dans le ciel. « Bois ça. » Le jeune homme qui se trouvait devant la jeune fille était habillé simplement. Le liquide qu'il voulait lui faire ingérer était blanc comme le lait. Elle l'ingurgita sans broncher. Ses yeux étaient gonflés, elle ne se sentait pas très bien. Elle remua sa jambe blessée et remarqua qu'il lui avait posé une attelle à la cheville. « Qu'est-ce que… — Mon chien t'a trouvée dans les bois qui entourent ma maison. — Que veux-tu en échange ? — Rien. Je t'ai aidée, c'est tout. — Rien n'est gratuit, répliqua la jeune fille défiante, serrant le surmatelas entre ses poings. — P't-être là d'où tu viens, mais ici, y a jamais personne, alors ce que vous autres appelez argent ne signifie rien pour moi. » Écho parut réfléchir à la réponse du jeune homme. « Tu peux rester quelques jours s'tu veux. Mais si tu as fait quelque chose de mal, dégage d'ici. Je tiens pas à avoir des ennuis. — Je n'ai rien fait de mal, murmura-t-elle. — Ça, ce sera à moi d'en juger. »

Un jour, alors qu'Écho raccommodait un vieux rideau déchiré et qu'Érik coupait du bois, une écharde lui entailla la peau. Il stoppa son activité et rentra. « Tu t'es blessé ! » L'ancienne princesse se leva à l'aide de sa canne, mettant sur pause son ouvrage. « C'est rien. » Il passa sa main sous l'eau froide d'un robinet fonctionnant grâce à un système de poulies et de ressorts hautement perfectionné. Avant d'atterrir ici, elle n'en avait jamais vu. C'était l'une des inventions de son hôte. « Montre-moi ça ! » ordonna-t-elle en lui saisissant la main. Elle le fit asseoir sur un tabouret. Le temps qu'elle aille chercher une bande de tissu, sa plaie avait recommencé à saigner. Quand elle le vit, elle en tomba à la renverse. « Est-ce que tu vas bien ? s'inquiéta le jeune homme en lui prenant le bras pour la redresser. — Oui, oui », lui répondit-elle le regard dans le vague. Il n'insista pas et se laissa panser une fois la jeune femme remise debout.

Le soir, à la fin du dîner, l'ancienne princesse n'était toujours pas sortie de sa transe. Après avoir lavé les assiettes, le jeune berger vint se rasseoir en face d'elle. Il l'observa à la lueur de la bougie. « Bon… Tu me dis ce qui va pas ? » Elle ne répondit rien. Érik voulut poser une main réconfortante sur les siennes, mais elle les dégagea avant qu'il n'ait pu le faire. « Tu sais quand je t'ai dit que je me devais de trouver quelqu'un ? — Ne me dis pas que tu as réussi à trouver un prince ou une princesse cadet dans les parages ? Cela relèverait du pur miracle. — Non, dit-elle, j'ai trouvé quelqu'un d'autre. — Qui ça ? » L'ancienne princesse releva les yeux vers lui.

« Toi. » Le berger se mit à rire dédaigneusement puis sous le regard dur de sa protégée, il arrêta. « Nan… T'es pas sérieuse ! — J'ai vu la couleur de ton sang, répliqua-t-elle gravement. — Ne me dis pas que tu crois à ces conneries. — Donc tu connais la légende ? Alors tu comprends que celui qui doit prendre ma place, c'est toi. Tu es fait pour ça. — Arrête. — Tu n'es pas destiné à finir tes jours ici, insista l'héritière. — Tais-toi. — Et ma place n'est pas là-bas, tu le sais. — Tais-toi. — Je prendrai la relève de la ferme de ton père et toi le trône du mien. Je m'occuperai de tes bêtes et toi de mes sujets. J'emmènerai les vaches en montagne, je soulagerai les moutons de leur manteau trop épais. Je jouerai avec ton chien. Quant à ton cheval, tu le prendras pour partir. — Arrête. — Et toi, tu t'imposeras à la cour. Tu empêcheras les imposteurs de prendre le pouvoir. — Tais-toi. Tais-toi ! » Sa voix s'était brisée. Il la défia d'un regard haineux. « Je devrai quitter tout ce que je connais pour ton bon vouloir ? — Je… » Mais il sortit avant de supporter un mot de plus de sa bouche. « Érik. Érik ! » l'appela-t-elle.

Quand il rentra le soir une fois calmé, il la trouva assise à même le sol, endormie. Il alla dans la chambre et en ramena un drap qu'il passa sur les épaules de son invitée puis alla se coucher.

Quand la jeune femme se réveilla le lendemain matin, il faisait son sac. « Tu ne m'accompagnes pas ? lui demanda-t-il. — Je n'y retournerai jamais, je n'en ai pas le droit. » Il baissa la tête, déçu, mais elle lui sourit. « Ne t'en fais pas, tu trouveras très bien le chemin tout seul avec la carte que je t'ai dessinée, le rassura-t-elle. C'est... — Vers l'ouest, je sais. » Il sourit, et elle encore plus. « Oh, j'oubliais, dit-elle en détachant le collier que son père lui avait offert, c'est pour toi. » Elle le lui attacha autour du cou. Érik observa le bijou. C'était une médaille en or avec le blason de son futur royaume. « Tu leur diras que tu viens de ma part. N'accorde ta confiance qu'au Premier ministre, c'est un homme de bonne morale. » Les yeux du jeune homme se noyèrent dans ceux de la jeune femme. « Bon... Au revoir. — Non, pas au revoir, répondit-elle, nous ne nous reverrons jamais. » Le cœur de l'ancien berger se déchira de plus belle, mais il finit par sourire. « Alors je te dis auxdieux. » Il sortit et accrocha son sac à la selle de sa jument. Son chien alla le voir avec la langue pendue tout en remuant la queue. « Au revoir, Tommy », dit-il tendrement en le caressant. Il monta à cheval et ajouta : « Tu prendras soin d'elle et de la ferme. » Depuis la fenêtre de la cuisine, Écho le regarda partir. Son chien s'élança à sa poursuite, mais s'arrêta quand il comprit que son maître ne reviendrait pas. Il commença à pousser des hurlements plaintifs. Érik se retourna pour voir son fidèle Tommy. Comme pour le jeune homme, la jeune femme laissa l'émotion lui arracher des sanglots en se recroquevillant par terre.

L'Ombre mouvante

La comtesse de Balois parcourait les cachots de la Tour de l'oubli. Tous étaient vides… sauf le dernier. Le sourire qui se dessina sur ses lèvres était à la fois sadique et démoniaque. « Comment va mon prisonnier préféré en cette si belle journée ? » Silence. Absence de mouvement. « Tu ne prononces pas un mot, sale chien. » En une fraction de seconde, une ombre faite de millions de particules sombres et mobiles s'abattit contre les barreaux. En dessous se trouvait un homme empli d'une rage douloureuse. « Je te jure que tu me le payeras cher. » Le sourire de la comtesse s'élargit. « Permets-moi d'en douter. Il serait vraiment détestable que tu m'obliges à me servir de ça contre toi. Pour toi, j'entends. Pour moi, cela pimenterait les choses et mettrait un court instant fin à l'ennui inconditionnel que j'éprouve », s'amusa-t-elle en jouant avec un objet scintillant.

« Madame la comtesse, nous avons un problème, annonça nerveusement un soldat. — Parle, je t'écoute. » Elle était en train de s'appliquer du rouge à lèvres. « Le prisonnier s'est échappé. » Son geste se figea alors qu'elle n'en était qu'à la moitié de sa lèvre inférieure. Elle chercha désespérément dans toutes les poches de sa robe l'objet scintillant. Il n'était nulle part. « Prépare. Toute. La. Garde. »

La comtesse de Balois fuyait aussi vite qu'elle le pouvait. Derrière elle, il ne restait que des ruines du glorieux château et de ses soldats uniquement des cadavres partiellement recouverts de pierres, de ses belles parures qu'une robe déchirée. Elle courait à bout de souffle. Son objectif : atteindre et disparaître entre les arbres. Son arrogance, sa fierté, ses richesses, tout venait de lui être ôté et bientôt, sa vie. À plusieurs mètres derrière elle apparut celui qui avait causé tout ce désastre, accompli toutes ces horreurs. Elle se figea sur place. Son cœur battait trop vite, cela lui fit mal à la poitrine. La noble avait senti sa présence, ferma les yeux. À cet instant, il la frôla à toute vitesse et elle s'écroula à terre, sans vie. La silhouette qui venait d'accomplir sa vengeance chancela faiblement. Il porta la main à son cœur. « Ma sœur », souffla-t-il avant de laisser ce comté détruit. Ce n'est pas la peine pour aucun d'essayer de poser ses yeux sur lui : quand il court, il est plus rapide que la lumière, pourtant il est toujours entouré d'ombres.

Rivalité judiciaire

La Forêt abritait autant de pays que de châteaux, mais la majorité de ses habitants vivaient dans de petits villages indépendants un peu perdus. Pourtant, ces territoires neutres devaient, dans certains domaines, se soumettre à l'autorité d'un groupe d'hommes. Bien qu'elle le fût au tout début, cette domination n'était ni respectée ni acceptée par tous ces villages. Ces hommes avaient pour principale mission de dresser une liste de recensement des criminels en fuite. Une fois ces derniers attrapés, le Grand Conseil avait pour ordre donné par les dieux de les punir de manière juste, équitable et impartiale, mais il existait une faille que ces hommes grotesques et paresseux ne cessaient d'employer : si la personne recherchée mourait pendant la traque, pour n'importe quelle raison, ils en étaient débarrassés sans conséquence. Les membres du Grand Conseil, pour la plupart descendants des premiers, avaient le droit de faire appel à quiconque se porterait volontaire pour débusquer les criminels. Cependant, une fois qu'ils avaient fait appel, ils ne pouvaient pas les refuser si les volontaires passaient avec succès le test du Puits.

Ce test consistait à poser une feuille de sarriette sur la langue et dans un bol l'eau du Puits Millénaire. Le candidat retire la feuille de sa bouche et la pose à la surface de l'eau. Si l'eau se teinte de bleu, c'est qu'il sera un bon élément. Deux personnes avaient été retenues. Elles se faisaient appeler le Passeur et le Rabatteur.

Les vieux hommes aveuglés et corrompus discutaient sous la tente dressée ce matin-là. « Ne vous inquiétez pas, dit l'un d'entre eux, comme d'habitude le Passeur s'en est déjà chargé. Le voilà justement. » Un homme grand et mince passa sous le pan de la tente. « Alors ? » Le Passeur n'eut pas le temps d'ouvrir la bouche, la personne recherchée venait de se vautrer sur le tapis, les mains attachées dans le dos. Le Rabatteur, reconnaissable à sa goutte de sang, fit alors son entrée et rabattit le bord de sa capuche fluo qui tombait trop bas, sur ses yeux. Le Passeur aussi arborait un morceau de cette étoffe-là, mais était autour de son bras, distinction, plus ou moins visible selon la décision de la personne impliquée, imposée par Balance, la déesse de l'Équilibre. Il avait vu une fois son camarade sans. Il avait ainsi pris connaissance de ses cheveux aussi courts que ceux d'un garçon, et la douceur de ses traits malgré son absence constante de sourire. Le

Rabatteur l'ignorait et l'aurait probablement torturé s'il l'avait su.

Le Grand Conseil avait fini pour la journée. Juger un criminel prenait plusieurs jours, voire plusieurs semaines. Ces séances de jugement ne devaient jamais durer moins d'une heure et ne pas dépasser les trois heures. Chaque soir, les juges dînaient ensemble puis jouaient aux cartes, aux échecs ou aux dames. Les deux traqueurs se joignaient à eux par devoir tant que le verdict n'avait pas été prononcé. Les vieux malicieux parlaient tranquillement entre eux. Le Passeur s'était installé dans un magnifique fauteuil tapissé. Tout était d'un luxe ridicule dans cette tente. Il ne disait mot. Le Rabatteur, lui, s'était isolé à l'écart, debout, dos aux vieux prétentieux, le regard dans le vide, très certainement en train de philosopher ou dormir les yeux ouverts. Une bribe de conversation venant de la table de bridge se glissa dans toutes les oreilles des personnes présentes : « De toute évidence, le sang n'est pas une affaire de femmes. Elles ont bien trop peur de se salir les mains. » Le Passeur, plus que tout le monde, guettait et redoutait la réaction du Rabatteur. Ce dernier se décolla de la cheminée décorative et se saisit sur une table d'une flasque en cuir de pomme. Il en but en grandes gorgées puis retourna à sa place, exactement dans la même position. Il choisit méthodiquement ses mots. « Vous n'ignorez pas que les femmes, du moins pour la majorité d'entre elles, saignent en abondance une fois par mois. J'imagine que vous avez dû en entendre parler, non ? Les règles, vous savez c'que c'est ? Vous devez puisque vous aimez les contourner. — Quelle insolence ! » s'insurgea l'un d'entre eux. Remarquant qu'il s'était égaré, le Rabatteur reprit : « Sachant cela, pensez-vous réellement que quelques gouttes de ce liquide visqueux les effraient ? Bien sûr que non. Le sang est une affaire de femmes. Elles ont juste trop peur de devoir nettoyer le merdier des hommes, car ces imbéciles sont incapables de faire les choses proprement. » Tout ce beau petit monde fut outré par ces paroles. Le Passeur se leva, mais le Rabatteur quittait déjà les lieux. L'air frais était humide ce soir-là. « Rabatteur ! criait le Passeur dans le calme de la nuit. Rabatteur ! » Il lui attrapa le bras. Le Rabatteur se retourna précipitamment, ce qui lui fit lâcher sa prise. « Quoi ? » hurla presque le Rabatteur. L'autre traqueur reprit son souffle. « Tu as manqué de respect à tes aînés. Tu dois venir présenter tes excuses à genoux, déclara-t-il calmement. — C'est une blague ? » Pas de réponse. Un rire infernal monta à la gorge du Rabatteur. « J'emmerde tous ces croûtons qui jouent avec la vie des autres comme si elle ne valait rien. — Que tu sois contre leurs procédés, cela est ton problème, mais ne viens pas les embêter avec ça, continua-t-il avec le même ton monocorde. Certains de ces énergumènes ne peuvent changer et ne méritent pas de vivre. » L'irrespectueux rit à nouveau. Ses dents éclatantes disparurent avec le retour de son sérieux et il dévisagea à nouveau son interlocuteur. « C'est vrai que c'est pas ton problème à toi, hein ! Après tout, tu n'es qu'un vulgaire sbire. Toi, tu ne penses jamais aux conséquences, à l'impact de la mort de quelqu'un. Elles ne valent donc rien ces vies gâchées pour toi ? Donc oui, peut-être que si tu ne les éliminais pas toutes, je ne me sentirais pas obligée de laisser en vie ceux qui méritent de mourir pour rééquilibrer les choses. La prochaine fois que tu tiens quelqu'un en joue, imagine que c'est une personne qui est chère à ton cœur. » Le Rabatteur le laissa là.

Le lendemain, le Passeur, avant l'arrivée des membres du Grand Conseil, entra dans la salle de délibération. Il y trouva le Rabatteur présent. Gêné, il hésita à sortir, mais celui-ci se rapprocha de lui. L'air calme et détaché : « Tu as réfléchi à ce que je t'ai dit ? Penses-y. Viendra un temps où nous recevrons la visite des Envoyés de Balance et, ce jour-là, s'ils ne trouvent pas quelqu'un en qui ils peuvent se fier, ils ne nous feront plus jamais confiance. » Le Passeur voulut répondre, mais les Conseillers venaient d'entrer et le Rabatteur s'éloigna.

La fin du mois s'écoulait, le grand sablier en était la preuve. Quand les derniers grains de sable se déposèrent au sommet de la dune formée, il était temps pour les deux traqueurs de se présenter au Grand Conseil et ainsi prendre connaissance de leurs nouvelles missions. « Le Rabatteur n'est pas là ? questionna le Passeur. — Non. Mort probablement. Il ne manquera à personne », ajouta sans états d'âme un Conseiller.

La Prisonnière au Bandeau

Il y avait une tour. Au sommet de cette tour vivait une femme. Depuis combien de temps se trouvait-elle là ? Dix ans ? Cent ans ? Plus ? Nul ne savait. On ignorait qui l'y avait enfermée. Si quelqu'un avait pu monter en haut, il aurait découvert une pièce circulaire, une fenêtre sans barreaux ni vitre, l'absence de lit, une porte en bois sombre, deux chaises couleur charbon, deux grosses chaînes qui partaient du centre de la pièce et qui se finissaient en larges bracelets refermés sur des poignets brun foncé. La propriétaire de ces poignets observait le monde dont elle était privée depuis sa fenêtre, adossée contre le mur. C'était son coin préféré. Son frère, qu'elle n'avait plus vu depuis si longtemps, entra. « Cecilia… — Je t'attendais, Suroh, soupira-t-elle. Que me veux-tu ? — Notre sœur, elle est… elle est morte. — Je le sais aussi bien que toi, répondit Cecilia, lasse. — Et cela ne te fait-il rien ? Ne désires-tu pas te venger ? » Elle se tourna vers son frère. « Ce que je désire n'a que peu d'importance. La vengeance est une affaire d'humains et nous ne devons interférer avec les leurs. — Les humains ! » rit son frère avant de se rapprocher d'elle. « Es-tu donc devenue faible à ce point, Cecilia ? Tu ne fais jamais rien pour leur déplaire, à tel point que tu en es presque devenue leur esclave. » Sa voix était pleine de mépris, il lui crachait presque au visage. Ses yeux ne lâchaient pas ceux de sa sœur, qui, eux, étaient encadrés de noir comme un bandeau disparaissant sous les racines de ses cheveux. « Pourquoi ne t'en charges-tu pas toi-même ? » continua la femme sur le même ton ennuyé. Suroh s'écarta d'elle. « Tu ne comprends pas, je ne veux pas le tuer. Je veux qu'il souffre, lui et toute sa descendance. Je veux qu'elle se souvienne de ce qu'il a fait, que ce soit gravé dans leurs gènes. » Sa sœur détacha son regard du sien. « Si tel est ton souhait... » Elle chercha dans son meuble à curiosités, en sortit une flèche en or et un bocal de sable couleur cendre. Elle dévissa la pointe de la flèche pour y insérer une poignée de sable. Une fois qu'elle eut terminé, elle se tourna vers son frère. « ... alors donnons-lui ce qu'il voulait. »

Le Sommeil d'une Philosophe

Sanglante marchait depuis une demi-heure. Parfois, son regard se tournait vers le vide. Elle l'observait avec une fascination morbide. Si proche du bord, un faux pas et la mort assurée, son crâne fracassé contre une pierre. Sanglante y pensait souvent, à la mort. Puis son regard se fixa à l'endroit où elle avait commencé sa randonnée. C'était il n'y a pas si longtemps, pourtant, cela lui paraissait bien loin. Puis elle pensa à la seconde qui venait de s'écouler, celle où elle pensait à toutes ces choses-là. Cette minuscule seconde de réflexion aussi lui paraissait déjà loin, car elle était définitivement révolue. La philosophe sortit de sa poche un petit sablier à gousset dont le contenu ne cessait jamais de s'écouler et qui ne changeait jamais de sens. Elle y jeta un rapide coup d'œil puis le rangea. Elle regarda la vue, mais ne s'attarda pas et reprit son ascension. Elle arriva au niveau d'un plateau. Là, des vaches broutaient. Elles avaient appartenu à la petite bergère qui s'en était allée mourir dans les montagnes de la tuberculose. Qu'est-ce que le souverain du royaume voisin en avait souffert en l'apprenant ! Parfois, Sanglante avait des flashs dans ses rêves de cette femme qui lui avait fait découvrir la montagne. La philosophe s'approcha de l'un des animaux qui releva la tête. Comme toutes ces vaches, elle arborait de grands yeux magnifiques aux longs cils. Au niveau du cou de la bête, Sanglante fit une infime incision et but un peu de sang. Ensuite, elle le couvrit d'une pommade verdâtre pour accélérer la coagulation. D'un revers de main, elle essuya les quelques taches rouges au bord de ses lèvres. Le visage aux traits fins de la philosophe était décoré par une chaînette en or. Le bijou débutait du sourcil, le recouvrant en formant des vagues. À partir de la fin du sourcil, l'accessoire se détachait de la peau. La petite chaîne se rattachait en un petit point sous la lèvre inférieure, serti d'un minuscule diamant et entouré de plus petits ronds. De là, la fin du bijou pendait dans le vide, une pierre semi-précieuse, rouge mat, taillée en forme de poire, y était attachée.

Sanglante s'endormit à la belle étoile. Elle vit une femme en robe blanche marcher au ralenti dans l'herbe haute, caresser du bout des doigts de longues fleurs pâles. Ses longues boucles brunes s'arrêtaient un peu après ses hanches. Elle se retourna. Son visage en grand plan lui sourit. La fraction de seconde d'après, elle se retrouva au même endroit que Sanglante, couchée, son ventre contre le sol.

Enfin, après un après-midi et une journée de marche, Sanglante parvint au sommet de la montagne. Face à la vue se dressait une immense impasse. La curieuse la toucha. Sa main ne pouvait pas transpercer la paroi bleue, froide comme de l'eau. « Il n'y a aucun moyen de partir d'ici », murmura-t-elle avant de prendre appui contre le mur bleuté. Même de là où elle se trouvait, en haut du plus grand sommet de cette chaîne de montagnes qu'elle connaissait, il lui était impossible de voir la Forêt dans son entièreté. Après plusieurs minutes de contemplation, Sanglante s'approcha du bord pour observer le vide. Des morceaux de pierres se détachèrent et elle glissa.

De beaux Trophées

Le roi de Torosius venait de rentrer de guerre, et la première chose qu'il fit fut de regarder ses soldats installer la nouvelle pièce à sa collection et de dévisager la très belle femme sous toutes les coutures : son visage d'ange fermé, sans une once d'expression, ses yeux clos, ses cheveux bruns volumineux. Il arrangea une mèche récalcitrante avant qu'il ne replace la vitre de protection sur son nouveau joyau. Les portes de la salle des trophées s'ouvrirent avec fracas. Le roi de Torosius veillait jalousement sur sa sœur. Toujours encadrée, ou plutôt étouffée, par deux gardes du corps qui ne se séparaient presque jamais d'elle. Ses taches de rousseur faisaient ressortir l'éclat de sa peau blanche, et sa longue chevelure rousse était retenue en arrière par une tresse dont s'échappaient d'innombrables mèches rebelles et bouclées. Elle était d'une beauté à en couper le souffle, mais ça, le roi l'ignorait. Il savait qu'elle était belle, bien évidemment, mais très loin de s'imaginer qu'elle était devenue le fantasme, voire pour certains une obsession, de tous ceux qui la croisaient par hasard, hommes comme femmes, dans les couloirs du château qu'elle ne quittait jamais. S'il en avait eu le moindre soupçon, il l'aurait probablement enfermée dans ses appartements à tout jamais. Elle portait le nom d'Astride, prénom qui lui allait à ravir. Elle s'avança vers lui avec sa démarche déterminée, démarche dont on lui avait trop souvent reproché de ne pas être assez féminine. Au lieu d'enlacer son frère comme celui-ci l'aurait escompté, elle déclara sur son ton le plus grave : « Mon frère, je vous exhorte de cesser vos enfantillages et vos problèmes d'ego afin de laisser ces femmes reprendre le cours de leur vie. Je vous prie de faire preuve de compassion : imaginez les lamentations des époux, la souffrance des parents, les pleurs des enfants à qui vous avez arraché leur âme sœur, leur trésor, leur mère. Imaginez ce gouffre immense et infini que vous imposez à leurs proches que vous avez privés à tout jamais de bonheur. — Le bonheur ? siffla-t-il entre ses dents. — Oui, le bonheur, reprit-elle, rêveuse. N'avez-vous jamais été épris d'une personne ? N'avez-vous jamais été amoureux ? — Jamais, dit-il, et je ne saurais vivre autrement. Je ne tiens pas à me faire duper par un quelconque chérubin. Non, le jeu n'en vaut clairement pas la chandelle. » Le visage mélancolique d'Astride se tourna vers la dernière pièce de sa collection. « Vous m'auriez réservé le même sort si je n'avais point été votre sœur, souffla-t-elle. — Mais à quoi bon tergiverser sur de tels sujets, puisque les choses sont ainsi et ne sauraient être autrement ! » s'emporta-t-il avant de détourner les yeux et de les reposer sur les flammes endiablées de la cheminée. « Partez maintenant, j'ai à faire. » Le ton de sa voix avait durci. Astride peina à détacher son regard des yeux clos de la brune, mais partit sans un dernier regard pour son frère et sans imposer de résistance. Sa robe fluide caressait sensuellement ses jambes, ce qui donnait l'impression qu'elle flottait. Ses bras se balançaient virilement et gracieusement d'avant en arrière. L'éclat de ses cheveux flamboyants disparut dans l'obscurité du château. « Qu'est-ce que vous attendez ! » aboya le souverain à l'adresse des deux gardes restés plantés à l'entrée de la pièce, éblouis par la beauté de la princesse qu'ils n'osaient en temps normal trop fixer.

La belle Astride avait aménagé dans les anciens cachots un coin pour y pratiquer la sorcellerie, qu'elle avait surnommé « son atelier ». Évidemment, personne n'avait connaissance de ce qu'elle y faisait. Dans le gros chaudron qui trônait au centre de la pièce, elle jeta divers ingrédients, tous plus écœurants les uns que les autres, en récitant une étrange incantation. La fumée qui s'en dégageait vint pénétrer son corps par ses yeux verts rendus fluorescents.

Les gens du village organisaient une petite fête dans la cour du château comme à chaque début de printemps. La princesse dévorée des yeux de toutes parts alla se servir à boire comme si de rien n'était. Elle saisit une coupe de vin réservée aux membres de la famille royale, c'est-à-dire elle et son frère, recouverte de couches de feuilles d'or et de pierres précieuses venant de divers royaumes, duchés, comtés et autres attaqués et dépouillés de leur souveraine ou de la femme de leur souverain, puis alla retrouver le roi. Elle ingéra une gorgée avant de demander : « Ne sont-elles pas jolies ? » Au centre de la cour dansaient des jeunes femmes en enroulant des rubans colorés avec grâce autour d'un pic planté dans le sol. Il marmonna. Ces vulgaires paysannes ne feraient jamais partie de sa collection. Astride glissa quelques gouttes d'un liquide translucide dans la coupe et la lui donna. Il en but plusieurs gorgées à la suite. *À ta santé, cher frère.*

La nuit était presque tombée et certaines paysannes finissaient de ranger les restes de la fête. Habituellement, le roi trouvait le sommeil avec facilité, mais étrangement, ce soir-là, il n'y parvint pas. Hildegarde empilait les dernières assiettes

sales. Elle manqua de peu de renverser le roi.
« Pardon, Vot'e Majesté. » Hildegarde était forte, avait les joues gonflées, les mains abîmées et était toujours vêtue d'un vieux tablier. Cette fille avait quelque chose. Personne ne savait quoi, mais elle avait quelque chose. Son regard peut-être.
« Viens, Hilda. » C'était une maigrichonne à qui il manquait une dent, les autres étaient jaunies et mal chaussées, qui l'appelait. Intimidée et toujours les yeux baissés, Hildegarde effectua une révérence et fila. Bras dessus, bras dessous, les deux femmes disparurent derrière la grande porte du château. De la fenêtre de sa chambre, Astride observait la scène. Elle souriait d'une façon effrayante. Ses yeux, pendant une demi-seconde, avaient repris cette teinte fluorescente.

Les jours passaient, et plus ils passaient, plus le roi flânait. Un jour qu'il marchait dans l'herbe haute avec un sourire idiot sur les lèvres et portant à plusieurs reprises une pâquerette à ses narines sans se soucier de la possibilité que quelqu'un ait pu uriner dessus, il se questionnait à nouveau sur la magnifique jeune femme qu'il avait vue l'autre soir. Pensait-elle aussi à lui ? Soudain, il l'aperçut. Son cœur cognait si fort contre sa cage thoracique qu'il en eut presque mal. Mais elle, elle ne l'avait pas vu. Non, elle n'avait d'yeux que pour celle qui arrivait à ses côtés. Brusquement, les deux femmes s'embrassèrent passionnément. Là, le roi eut mal. Il chancela et, voulant se rattraper pour ne pas tomber dans une souffrance mortelle, il bascula dans une rage brûlante.

Cogitant longtemps dans son bureau personnel, le roi cherchait un bon moyen de justifier le nouvel acte barbare qu'il envisageait de commettre, ce qu'il n'avait jamais cherché à faire avant. Il se leva et parcourut les livres présents sur les étagères. Il en saisit un qui s'intitulait : « Registre des condamnations à mort ». Il l'ouvrit et tomba sur celles qui dataient d'un demi-siècle plus tôt et son doigt glissa sur le nom d'une certaine Éléonore de Torosius. Cette certaine Éléonore, comme beaucoup d'autres villageois, mais plus souvent des villageoises, fut condamnée pour sorcellerie.

Le lendemain, un décret fut cloué sur la porte des remparts, des purges furent effectuées et Hilda fut condamnée. Elle ne fut pas la seule. Son grand amour la protégea du mieux qu'elle le put, frappant les soldats, insultant le roi, crachant et mordant tout ce qui était à portée de son visage. Elle fut condamnée au bûcher elle aussi, après avoir embrassé une dernière fois sa bien-aimée. Tout le monde, excepté Astride qui avait disparu on ne sait où, regardait les flammes lécher leur corps, comme hypnotisés par le spectacle qui s'offrait à eux. Quand le feu s'éteignit à cause de l'humidité de l'air qui s'était installé, seuls les charognards osèrent toucher leur cadavre cramé en enlevant les centaines de chrysanthèmes qui les recouvraient.

Un voile sombre recouvrait le ciel quand le roi rentra seul dans son palais, plus vide que jamais. Par automatisme, il se retrouva dans sa salle aux trophées. Il n'y voyait rien. Pour s'éclairer, il alluma une torche avec le feu qui crépitait dans la cheminée et se retrouva face à la reine brune qu'il avait obtenue quelques jours plus tôt. Fou et ne sachant plus quoi faire, il prit une décision irréfléchie.

Le château brûla, et lui avec.

Une Dynastie peu Sanguinaire

À la mort du roi sans héritier, le souverain du duché voisin, veuf sans remords et plus proche héritier de la couronne, fut désigné pour monter sur le trône.

Ce nouveau roi était affalé dans la grande salle. On annonça l'arrivée de quelqu'un et l'on fit entrer son visiteur. Celui-ci était plutôt beau. Il s'avançait avec dignité sur le tapis rouge, une arbalète à la main. « Êtes-vous soldat ? » questionna le souverain. L'inconnu s'arrêta au pied des marches du trône. Il ne fit pas la révérence. « Non, mais aujourd'hui, je suis de service. » Il sortit une flèche torsadée de son pantalon, enclencha l'arbalète et le projectile partit. Le roi, pris de peur, se cacha la vue, les deux gardes qui encadraient le souverain ne réagirent pas assez vite. « Mon roi ! » La flèche se logea sous son épaule, un nuage de poussière explosa suite à l'impact et envahit toute la pièce. Une toux démangea les gardes. « Mon roi ! » Le roi était penché en avant, toussant lui aussi. Le fidèle soldat s'agenouilla près de lui. « Mon roi, souffla-t-il, une main sur l'épaule. — Ça va ! Ça va ! Lâchez-moi ! » D'un coup d'épaule, il lui fit lâcher sa prise. La main du roi se déplaça sur son torse jusqu'à atteindre la pointe dorée, y enroula sa main et d'un coup sec, la retira. Il tâta sa plaie. Elle ne faisait pas mal, elle ne saignait pas. En faisant cela, son regard se dirigea vers l'endroit où se tenait auparavant l'inconnu. Il avait disparu. « Qu'attendez-vous ? Trouvez-le immédiatement ! — Oui, sir. » Ils lui tirèrent la révérence puis s'exécutèrent. Se trouvant seul, il massa sa plaie, sidéré.

« Êtes-vous sûr que ce soit une bonne idée, Votre Majesté ? Avec ce qui est arrivé aujourd'hui, je pense que ce n'est vraiment pas une bonne idée de vous laisser seul si loin du palais. — Oui, laissez-moi. » L'ancien duc aimait passer du temps dans son ancienne demeure. Il y dormait souvent, une à deux fois par semaine. Cela lui rappelait des souvenirs qu'il n'avait pu enterrer. Il attrapa le petit cadre doré. C'était sa femme. Qu'est-ce qu'il n'avait pas fait pour la retrouver. Il avait tué pour essayer de la récupérer. Il caressa avec son pouce le visage de ce bel ange. « Aïe ! » Le veuf reposa le cadre pour soulever sa chemise. À l'endroit où la flèche avait pénétré sa chair se trouvait un petit creux sombre d'où partaient des veines noires. Du bruit se fit entendre. « Quelqu'un est là ? » À nouveau du bruit. Il remit sa chemise et monta jusqu'à sa chambre. Les fenêtres étaient grandes ouvertes. Le vent entrant faisait danser les rideaux et perturbait ceux de son lit à baldaquin. En y regardant de plus près, il aperçut une silhouette assise sur la couverture richement brodée. Il s'approcha et écarta un peu plus les rideaux du lit pour laisser entrer une lumière faible. « Mon amour, c'est toi ? » La silhouette sourit de toutes ses dents. Elle se cambra en arrière. « Mon amour, c'est bien toi. » Il se retrouva au-dessus d'elle. « Oh, mon amour ! »

« Le soir même, le poison aura déjà commencé à envahir son corps. Quant aux enfants, ces monstres se développeront dans le ventre du cadavre en putréfaction. Leur absence de sang dans les veines leur en donnera un besoin insatiable. »

Verts puis bleus

Il était une fois une femme et un homme qui avaient trouvé refuge dans une auberge se trouvant sur la Route des voyageurs. On la nommait ainsi, car c'était le chemin le plus emprunté pour se rendre à l'un des sept grands territoires du Nord par des commerçants et des diplomates. Il était facile de comprendre l'ingéniosité des premiers aubergistes qui s'y étaient installés et le bénéfice qu'eux et toute leur descendance avaient pu en tirer. Ils avaient embauché beaucoup de soldats en fuite qui, pour ne pas risquer d'être reconnus par les voyageurs, avaient pour la plupart accepté de se défigurer. C'est alors que tous les bandits et vauriens ne purent plus dérober les voyageurs. Cette richesse, partagée avec les anciens soldats, fut immense. Pour mieux la conserver entre eux, il y eut d'innombrables mariages arrangés. Au fil des siècles, ces mariages devinrent des mariages consanguins.

La femme vêtue de blanc nourrissait son bel étalon noir quand l'homme entra dans les écuries. « Alors, tu es prête ? — J'arrive, Mérovée.

— Chhh ! On ne doit pas utiliser nos vrais noms, répliqua l'homme. — D'accord. » Souriante et lumineuse, elle se tourna vers lui. Mérovée resta un moment interloqué, ce qui ne fit qu'élargir son sourire. « Alors ? T'aimes bien mes cheveux comme ça ? Ça change du blond, non ? » Son carré long, bouclé aux pointes, était recouvert d'une teinture rousse. Il se reprit. « Tu le portes bien, Brunehaut. — Merci, Clovis. » Il lui jeta un regard dur, comprenant qu'elle se moquait de lui. Brunehaut et Clovis avaient fui ensemble et étaient, par conséquent, proches, complices... enfin, pas tout à fait. Brunehaut était plutôt d'humeur taquine, quant à Clovis, il était toujours sérieux et strict. Cette auberge, Clovis et Brunehaut y mangeaient et y dormaient. Ce soir-là était censé être la dernière nuit avant de reprendre définitivement le chemin. « Alors ? » questionna Brunehaut quand Clovis l'eut rejointe près de la porte d'entrée de la partie restaurant. Il sortit de sa poche une bourse en velours noir. « C'est tout ce que j'ai. Ça ne suffira pas à payer la semaine. Désolé, je n'ai pas réussi à trouver plus. » Ne pas payer était en effet très risqué avec tout le réseau familial qui trouvait son centre à l'auberge et qui s'étendait sur toute la route, les informations circulaient abondamment. De plus, les aubergistes étant très avares et ayant une excellente mémoire, les duper était tout simplement impossible. Passer par les bois ? Mauvaise, très mauvaise idée. Les bois du Nord regorgeaient de petites vipères vicieuses. Quand les criminels avaient dû abandonner leurs cachettes dans les bois à cause de la garde mise en place, ces petits animaux s'étaient rapidement multipliés. Maintenant que leur cheval avait recouvert la santé et qu'il s'était reposé, leur but était de retrouver le centre de la Forêt, là d'où Brunehaut était originaire. Ils s'y étaient rencontrés aussi. Clovis, ancien soldat du Nord, y avait été envoyé par son prince pour voir à quoi ressemblait la promise et l'escorter jusqu'à son nouveau pays. Cela avait duré cinq ans : quatre ans et dix mois le temps que la date du mariage soit fixée pour des raisons capricieuses, et deux mois de voyage en carrosse. Brunehaut, esclave et souffre-douleur de la princesse, avait été emmenée avec elle. Avant de partir, Clovis lui avait promis de la protéger, qu'un jour ils s'enfuiraient. En échange, elle lui avait sacrifié sa monstruosité, ce qui la rendait spéciale. Elle avait fait ça à sa demande. Pour partir sain et sauf, il fallait trouver une solution. Brunehaut balaya du regard la salle. Devant eux se tenait au bar un homme, qui avait clairement l'air d'avoir la dalle. Brunehaut pouvait apercevoir dans sa poche des liasses de billets septiciens, la monnaie de l'Empire Septicie. « Attends-moi ici », lui dit-elle sans possibilité de contestation. Elle s'assit à côté de l'homme déjà un peu saoul. Elle rit à ses blagues, souriait de toutes ses dents, se penchait en avant pour avoir l'air intéressée. De loin, Clovis la regardait faire, furieux. Sa jalousie le rongeait de l'intérieur, faisant pourrir sa moelle. Quand elle revint tout heureuse avec plus d'argent qu'il n'en fallait, il la rabaissa. « Alors, t'es contente ? Je ne t'ai pas sauvée pour que tu fasses ta pute de luxe ! — Mais regarde ce que j'ai gagné. Je l'ai fait pour nous, se justifia-t-elle. — C'est ça, oui. » Il lui arracha les billets des mains.

Brunehaut se sentait mal et son mal-être s'accentua quand vint le moment de payer. Elle détournait la tête, incapable de regarder l'homme qui les encaissait, la sonnerie de la machine la fit sursauter. « Alors, on a passé du bon temps ? demanda-t-il, moqueur. Vous savez, les filles comme ça, on en cherche, si vous la prêtez, bien sûr. Ça paye pas mal, vous savez. » Clovis ne répondit rien. Il ramassa sa monnaie et tira par le bras la femme aux yeux bleus vers l'extérieur. Une fois à l'abri des regards, il la gifla. « Tu vois ce que tu m'as fait ? Tu vois l'affront que c'était ? Les entends-tu rire de moi maintenant. » Brunehaut sanglota en silence. « Pardon, murmura-t-elle.

— J'ai pas entendu ! railla-t-il en lui broyant un peu plus fort le bras. — Pardon. » Il desserra sa poigne. « Ne recommence plus jamais, compris ? » Elle hocha frénétiquement la tête. « Oui, promis. » Il lâcha son bras. Sa main, devenue douce et bienveillante, caressa sa joue pour essuyer ses larmes. « C'est bien, ma douce. C'est bien. Contente-toi d'être belle et reste derrière moi, d'accord ? Je t'aime, ma douce. » Il posa un chaste baiser sur son front.

Les semaines étaient passées sans autres accès de colère. Plus ils se rapprochaient de ses terres natales, plus Brunehaut cauchemardait à propos de vieux souvenirs déterrés du passé. Un jour, Clovis était de bonne humeur et Brunehaut taquine. Il marchait en tenant l'étalon par sa longe. Brunehaut surgit devant lui, toute souriante. « Coucou ! » Clovis avait souri. « Coucou. » La femme aux yeux bleus se mit à sa hauteur et ensemble, ils marchèrent côte à côte. Un homme d'apparence stoïque à côté d'une femme toujours agitée. « Dis… Qu'est-ce qui t'a plu en premier chez moi ? interrogea la fausse rousse. Tu sais… la première fois où l'on s'est rencontrés, tu m'as promis de toujours rester avec moi. Pourquoi ? » Il y eut une pause. « Tu étais belle, tellement belle. Je crois que c'est parce que tu avais l'air triste et…

— Et ? voulut-elle savoir. — Fragile. — Fragile ? — Oui, c'est ça, fragile. Je crois que c'est ce qui m'a le plus plu chez toi. Cette fragilité naïve et innocente, qui ne ferait pas de mal à une mouche. » Ces paroles glacèrent la femme vêtue de blanc, elle se sentit étouffée. « Tiens, attends. J'ai quelque chose pour toi. » Il s'arrêta. Sa main fouilla dans tous les sens sa poche. Brunehaut le regardait faire, le regard perdu. Il finit par trouver ce qu'il cherchait, c'était un anneau doré. « Tiens, c'est pour toi. » Elle fronça les sourcils, mais il lui prit la main sans attendre et lui passa la bague au doigt. Clovis caressa tendrement le bijou doré. « C'est pour dire à tous que tu m'appartiens. » Elle le dévisagea de ses yeux tristes. Alors c'était comme ça qu'il l'aimait : faible, docile, obéissante et rien qu'à lui ? Cela lui donnait envie de vomir.

Le même cauchemar. Se sentir submergée par l'eau. Sortir son visage trempé, ses cheveux en arrière, ses yeux décolorés, des traces sur les joues tachant l'eau. S'accrocher désespérément à la pierre glissante. Retomber. Paniquer. Se noyer. Se sentir mourir. Émerger. Respirer. Pleurer. S'en sortir. Recommencer.

Un autre rêve, un autre souvenir. C'était il y a longtemps, sur le chemin vers le nord, le troisième jour. Brunehaut s'était éloignée du groupe, entendant des murmures. Le tronc d'un arbre déchiré. Un livre reposant dessus comme sur une écritoire. Une page se tourne toute seule. De l'encre noire forme en une magnifique calligraphie des lettres, qui forment des mots, qui constituent des phrases. L'ancienne esclave s'apprête à le toucher. « Qu'est-ce que tu fais ? » Une voix, une question : Clovis. Elle se retourne, mais le livre avait disparu, envolé. « Tu viens ? » Elle le suivit. Ce livre n'était qu'une illusion, une hallucination de son imagination. Mais ce rêve, ce rêve lui rappela que chacun est capable d'écrire sa propre histoire.

Ils firent une halte près d'une rivière pour abreuver le cheval. Clovis était assis sur une pierre dos à elle. Brunehaut en profita pour trouver dans leurs maigres bagages le coupe-papier dont il avait refusé de se séparer, celui de son père. « Qu'est-ce que tu fais ? » Elle sursauta et le rangea dans la poche de sa combinaison-pantalon. « Rien. » Il lui saisit le bras et l'attira contre lui. Brunehaut sentait presque sa bouche frôler son oreille. Elle regarda le poignard qui pendait à la ceinture de son amant. « Ne tente pas de me fuir, sinon, je te retrouve et je te tue. » Il fit un pas en arrière pour mieux la toiser. Elle ne cilla pas.

Les jours étaient passés, se ressemblant tous. Dès que Clovis baissait la garde, Brunehaut caressait précieusement la lame froide qui restait dans sa poche, retardant le plus loin possible l'instant où elle frapperait, instant qu'elle désirait pourtant. Cette fois-là, elle avait réussi à le faire rire. C'était un rire discret, mais elle y était tout de même parvenue. « Arrêtons-nous là pour la nuit. Tu prépares le feu ? » Brunehaut hocha docilement la tête. Clovis déchargeait les casseroles de l'étalon. Il sentit une présence derrière lui. Il se dit que cette écervelée ne trouvait certainement pas de bois et se retourna pour la sermonner. Un coup bref et efficace vint lui trancher la gorge. Il y porta une main, ne parvenant plus à respirer. Il s'écroula par terre, agonisant. Brunehaut l'observait de haut, ses yeux emplis de rage. Elle s'agenouilla près de lui, sans le regarder, avant d'annoncer : « Je ne remettrai plus jamais mon destin entre les mains de qui que ce soit. » Elle tourna la tête vers lui et éleva le bras qui vint s'abattre sur le front de Clovis.

Brunehaut était assise au coin du feu. Elle avait dû s'éloigner du cadavre de son ancien amant à cause de la brume qui mouillait le bois. Lui, l'empereur des Aulnes, ne prendrait pas la peine de le recouvrir de chrysanthèmes. Elle se reconcentra sur le poignard dont la lame brûlante était devenue d'un brun rouge. Elle le retira du feu. Brunehaut prit une grande inspiration pour garder son calme avant d'appliquer le plat de la lame sur sa pommette gauche et sur sa joue droite. De la fumée s'en échappa ainsi qu'une odeur de chair brûlée. Elle reposa la lame dans le feu. « La beauté peut aussi être une malédiction », murmura-t-elle.

Liberté Compromettante

Il faisait froid. Une femme, jeune, au corps nu, famélique, bien trop maigre pour être en bonne santé, était recroquevillée contre le mur, les bras croisés sur son torse et ses jambes repliées. Elle n'avait pas de nom, ne savait pas parler. Penser lui était une capacité compliquée et très limitée. Elle n'avait jamais connu autre chose que cet endroit humide comme les larmes. Ses cheveux roux auraient pu être flamboyants, mais ils étaient ternes. Elle l'ignorait, ça et beaucoup de choses, mais ses geôliers la désignaient comme « la Rousse ».

Le soleil passait au-dessus d'elle à travers les barreaux de sa prison. Ces barreaux ne servaient pas à la garder prisonnière, comment auraient-ils pu ? Pour les atteindre, il aurait fallu escalader les pierres glissantes qui l'entouraient. Avec le peu de force qu'elle possédait ? Non, impossible. Ils avaient une autre utilité. Un vieux puits, condamné, asséché, bouché, relié à tout un réseau souterrain, voilà ce qu'était sa prison.

La nuit était tombée. Rousse commençait à grelotter. La porte en bois gonflé grinça, laissant un homme entrer. La porte resta ouverte, l'homme n'avait pas pris la peine de la fermer. Cela ne traversa pas l'esprit de la maigrichonne, si elle en avait un, de s'échapper. Les murs qui l'enfermaient n'étaient pas que physiques. L'homme s'accroupit et saisit son poignet. Rousse se laissa faire, docile. De la sacoche qu'il avait apportée, il sortit un scalpel et une fiole. Une fine coupure entailla sa chair blanche. Goutte à goutte, le sang fut récolté. Son travail achevé, l'homme referma la fiole et détacha la bande de tissu taché qui se trouvait au premier poignet de la femme pour l'attacher autour du deuxième. Aucun des deux ne se regardait dans les yeux. L'homme se leva et partit. Rousse ne ressentait jamais rien, mais quelque chose allait changer avec l'arrivée, ou plutôt le retour, du jeune prince.

Le roi dînait en compagnie de son fils, depuis trop longtemps séparés. Ils buvaient dans des verres à pied du sang frais. Dans leurs assiettes, ils dégustaient des superpositions de sang coagulé à couper au couteau. « Vous savez, père, lors de mon voyage, comme je n'avais plus de quoi me sustenter, je me suis nourri directement à la source. Chose étonnante, la saveur de la peau donnait meilleur goût à la nourriture. — Je le conçois, mon fils, répliqua le père, mais maintenant que vous êtes rentré, il vous faudra vous conduire avec civilité. » Le prince but une gorgée de rouge puis reposa le verre à pied en pressant ses lèvres l'une contre l'autre. « Si vous n'y voyez pas d'inconvénient, père, j'aimerais tout de même faire un petit tour dans les cachots, si vous me le permettez. »

Dès l'instant où il vit Rousse, le jeune prince fut fasciné par ses cheveux. Jamais il n'en avait vu de tels. Il revint tous les soirs l'observer. Ses yeux bruns roulaient parfois dans sa direction sans jamais le regarder.

Un jour, alors que le soleil était bien haut dans le ciel et que le roi dormait dans son cercueil, une invention des vampires, le jeune prince se rendit aux cachots. Le peu de lumière qui passait sur son corps l'affaiblissait grandement, au point de pouvoir lui causer un évanouissement. Pendant ce temps, Rousse finissait de ronger les derniers bouts de viande qui restaient accrochés à l'os de poulet. On le lui avait pitoyablement jeté au centre de la pièce pour qu'elle prenne plus de soleil. C'était la première fois que le prince la voyait à une autre place. Il entra dans le puits. Elle se leva, ses jambes tremblant sous le poids de son corps.

Rousse ne bougeait pas, son visage incliné sur le côté. Elle était une proie facile. Il s'approcha alors qu'elle lui tournait le dos, les os de sa colonne vertébrale visibles dans les moindres détails. Il enlaça ses bras autour de son corps nu et la serra contre lui. Son nez enfoui dans ses cheveux, il les renifla, puis le centre de son visage se déplaça sur le cou de sa victime. Rousse ne savait où fixer son regard. Elle sentait distinctement la respiration du vampire contre sa peau. Le souffle du prince se concentra sur une partie. Il entrouvrit la bouche et déposa un bref baiser sur la peau blanchâtre. Rousse se sentait de plus en plus mal à l'aise. Le prince ouvrit enfin la bouche pour planter ses crocs dans la chair fine. Du sang coula et avec sa langue de chauve-souris il le lécha. La douleur fut si vive que, pour la première fois, la jeune femme voulut fuir, voulut vivre. Elle le poussa en arrière et s'échappa par la porte. Rousse courut comme elle put à travers le couloir jusqu'à trouver la lumière. Elle sortit, enfin, et elle inspira à pleins poumons l'air frais. Cette lumière qui l'avait sauvée lui éclairait désormais le visage. Pour la première fois de sa vie, elle était libre.

La petite Baronne

Ruben cherchait à travers le château fait de pierres sombres sa petite sœur. Il intercepta une domestique. « Excusez-moi, mademoiselle, auriez-vous vu la princesse ? — Je suis navrée, monsieur le régent, mais non », répondit-elle d'une petite voix en s'inclinant. Ruben et son frère avaient été désignés sur le lit de mort de leur mère pour gouverner en attendant que leur sœur soit en âge de le faire si jamais leur père venait lui aussi à rendre l'âme. Malheureusement, leur idiot de père avait laissé tout l'or des caisses de la baronnie lui filer entre les doigts et, pour assurer la survie des sujets de sa fille, il avait dû s'endetter auprès du marquisat voisin. Mais ce jour-là, le temps de régler la dette était venu. Ruben s'enfonça dans l'obscurité du couloir. « Solal, aurais-tu vu Mélissa ? — Toi non plus ? » s'inquiéta son frère. À son tour, Solal continua à s'enfoncer dans un autre couloir, celui-ci éclairé par des torches, son jumeau sur ses pas. Il finit par pousser une lourde porte en bois, celle de la chambre du chef de la garde. Les deux frères tressaillirent d'horreur, mais seul Ruben laissa son visage trahir ses émotions. Dans le grand lit d'un blanc immaculé figurait un homme dénudé, se grattant le torse là où poussait un buisson de poils. À côté de lui, une gamine, une petite fille, dont dépassait des draps une belle chevelure brune. La jeune garde encore naïve qui avait reçu pour ordre de ne laisser entrer personne, piquée de curiosité, passa la tête dans l'encadrement. Elle aussi sentit un frisson la parcourir, des gouttes de sueur froide couler. Solal pénétra dans la chambre et tira par le bras sa sœur endormie d'un geste brusque, comme si c'était elle la fautive. Il fit sortir Mélissa qui ne portait qu'une fine chemise de nuit de la chambre, de sa prise si féroce qu'il la soulevait presque du sol. Une fois ces deux-là sortis, Ruben ramassa les vêtements qui traînaient par terre et les balança à la figure du propriétaire de la chambre. Celui-ci enfila ses habits de nuit et sortit de son lit. Sans ciller, il boutonna sa chemise en fixant le régent dans le blanc des yeux avant d'esquisser un sourire sadique. Ruben sourit à son tour avant de lui décocher une droite qui faillit faire trébucher le soldat. « Je vais vous tuer, vous entendez ! » menaça le frère de la princesse en l'agrippant fermement au col. Derek éclata de rire, un rire glaçant, à en terrifier une armée de morts. Il posa ses mains sur celles de Ruben. « Vous oubliez, mon jeune ami, que c'est grâce à moi que votre Baronnie s'en est remise. De plus, le testament de votre père me rend intouchable à tout acte de votre part. » Ruben le retint encore un peu puis le lâcha brutalement avant que les coutures de l'habit ne craquent. « Merci », dit sarcastiquement le chef de la garde. Le régent se mit à crier et, de rage et de frustration, renversa une commode. Il lui jeta un dernier coup d'œil et claqua la porte à en faire trembler les murs. Derek sourit, l'air satisfait, en se frottant le cou.

Un carrosse sombre menait ses passagers dans une clairière inhabitée, à mi-chemin entre la baronnie et le marquisat. La soldate chargée de leur sécurité observait la petite baronne sur les genoux de Ruben dormir paisiblement, bercée par les mouvements de la voiture. Les deux frères avaient le même regard dur, le même type de barbe, les mêmes cheveux sombres, le même beige pour la peau. Ils regardaient chacun vers l'extérieur, inquiets à l'idée de laisser leur sœur. Néanmoins, Solal se doutait bien qu'il valait mieux qu'elle parte pour sa propre sécurité. Ruben passa soigneusement sa main tremblante dans les cheveux de Mélissa, la sentir le plus longtemps possible près de lui, garder le plus longtemps l'odeur de son cuir chevelu. Les grosses racines d'un arbre débordaient sur la route. Les roues droites du carrosse passèrent dessus. À deux reprises, Solal se trouva surélevé par rapport à son frère. Comme un pantin, les membres de la petite fille bougèrent mollement puis elle se retrouva à opiner du chef. L'allure ralentit puis s'arrêta. Une larme coulait sur la joue de Solal. Il l'essuya avant que la cochère ne leur ouvre la porte. « Nous sommes arrivés, messieurs », déclara celle-ci. Ruben déposa un baiser sur le crâne de sa sœur puis la secoua délicatement pour la réveiller. Elle ouvrit les yeux et regarda son grand frère. D'un signe de tête, il lui fit comprendre qu'elle devait sortir. Elle lui tenait la main pendant qu'il se courbait pour ne pas se cogner la tête contre le plafond bas. À leur tour, Solal et la soldate descendirent lentement, aveuglés par la lumière du jour. Entre eux et le carrosse aux dorures se tenait un homme accompagné de deux gardes. Le marquis, qui était un vieil homme, s'accroupit pour se mettre à la hauteur de la petite baronne. Ruben la poussa doucement vers lui. « Alors c'est toi, la petite Mélissa ? Oh, mais que tiens-tu dans ta main ? » La fillette montra son lapin en peluche, tout vieux et tout abîmé. Elle aurait pu en avoir de plus beaux et de plus doux, mais c'était celui-ci qu'elle aimait. Le marquis souriait de toutes ses dents. Il aimait les enfants sans partager les mêmes goûts pour eux que le chef de la garde. Peut-être regrettait-il de ne pas en avoir eu. *Quelle honte tout de même,* pensait Solal, *que l'unique héritière de l'un des derniers matriarcats serve de monnaie d'échange pour régler une erreur causée par un homme !* « Tu vas venir vivre avec moi, tu comprends ? » lui déclara le marquis. La petite Mélissa regarda en direction de ses grands frères. Ruben acquiesçait tristement pendant que Solal restait en retrait. La fillette prit la main du vieil homme qui se releva et qui l'emmenait dans son carrosse rouge et or. Avant de s'y engouffrer, Mélissa tourna une dernière fois la tête vers ses frères. La main de Ruben se leva pour la saluer, faire durer l'instant. Trop tard, elle ne l'avait pas vu. Une nouvelle larme menaça de tomber sur le visage de Solal. Ruben essayait de poser son bras à l'aveugle sur l'épaule de son frère. Après deux tentatives échouées en raison du trop grand écart qui les séparait, ils rentrèrent dans le sinistre carrosse qui était le leur, tiré par deux chevaux d'un gris clair.

Les années s'étaient écoulées lentement et sinistrement dans la baronnie d'Immaculée. Le marquis d'Immish était mort, annonçant la fin du contrat passé. Le marquisat allait devoir se débrouiller tout seul pour trouver un nouvel héritier. La fratrie allait enfin pouvoir se réunir pour de bon, la séparation avec leur sœur avait creusé l'écart qui séparait les deux frères. Le temps s'était écoulé comme de l'eau sur de la roche, sculptant la petite baronne, abîmant les deux frères. De mauvais souvenirs étaient remontés à la surface au cours de ces années d'attente interminable, rappelant aux aînés les difficultés rencontrées par leur mère pour retomber enceinte, ses problèmes de santé. Quand enfin elle avait eu une fille, la maladie avait profité de ce moment de faiblesse pour l'emporter, faisant perdre la tête à leur père.

Les deux frères se tenaient droits, l'un les mains enlacées devant lui, l'autre croisées derrière le dos, l'imposant château servant d'arrière-plan. Incommodé par la situation, Solal se tordait les mains. Le carrosse qu'ils avaient envoyé finit par arriver et s'arrêta devant eux. Une garde tendit sa main pour aider la baronne à descendre. Une jeune femme à l'allure déterminée et enjouée s'y appuya sans ménagement. La peau recouvrant la main princière était d'une teinte beige, ses pieds fins chaussés dans des escarpins rouges, de la même coloration que sa robe dont les bords étaient décorés de fourrure d'hermine, ses lèvres fines et roses, ses yeux bruns, plus foncés que ceux gris de ses frères, ses cheveux blonds. Blonds ! Ils étaient blonds ! Pourtant, la teinte de cheveux la plus claire que pouvaient obtenir les natifs de la baronnie était le châtain foncé, et Mélissa, petite, était brune. Alors… était-elle vraiment Mélissa ? « Enchantée, dit-elle de son plus beau sourire, vous devez être Solal et vous Ruben. — C'est le contraire », corrigea Ruben, méfiant. Solal ne dit rien, fixant toujours l'anomalie de l'étrangère, retenue en arrière par une queue-de-cheval, emprisonnée par un filet lâche. Un épais diadème en or simple, sans pierreries ni gravure, reposait sur le sommet de son crâne. Il se ressaisit et lui serra la main. « Vous… t-tu as fait bon voyage ? — Merveilleux ! s'exclama-t-elle. Vous me faites visiter ? » Sans les attendre, elle ouvrit en grand les portes du château. Après que l'un est levé les yeux au ciel et l'autre les a juste fermés pendant deux secondes, les deux frères la suivirent. La blonde connaissait bien le château, mais pas dans son entièreté. Elle était déjà venue ici, cela ne faisait aucun doute, mais cela ne signifiait pas pour autant qu'elle était vraiment leur sœur. *Peut-être une ancienne domestique ?* pensa Solal. *Non.* Si une personne à la chevelure claire avait un jour mis les pieds au château, il l'aurait remarquée. Ce qu'il n'avait pas remarqué en revanche, c'était que le sourire de la jeune femme s'enfonçant dans les profondeurs du bâtiment était crispé.

Depuis la reprise de la régence par les deux frères, la baronnie se portait à merveille. Mélissa n'avait pas beaucoup de devoirs à accomplir, excepté assister au conseil des ministres qui se déroulait une fois par semaine, jugeant bon pour eux et le pays de ne pas confier trop de tâches à une jeune femme sans expérience. Par conséquent, elle s'ennuyait dans cet espace immense, loin de l'endroit où elle s'était sentie chez elle. Pour y remédier, elle passait ses journées à vagabonder dans le château tel un spectre, malgré son mal de ventre grandissant. Quand elle était seule, elle perdait tout son faux-semblant. Elle avait eu une seconde enfance heureuse, certes, mais avec un voile immense recouvrant la première, prenant toute la place dans son esprit quand elle n'était pas stimulée. Pour camoufler ses angoisses, elle avait mangé, beaucoup mangé, beaucoup trop mangé. Morte de honte d'innombrables fois, elle en avait vomi. La nuit commençait à s'abattre sur le jour, du moins était-ce ce que croyait la baronne. Des gémissements de jouissance se dégageaient de la pièce adjacente au bureau de ses frères. La porte était restée entrouverte et Mélissa, piquée d'une curiosité innocente, ne voulut s'empêcher de regarder ce qu'il s'y déroulait à l'intérieur. Éclairée par la lumière des bougies, elle découvrit son frère

Ruben prendre son pied avec son mignon. Elle ne comprit pas trop ce qu'ils fabriquaient avec leur corps et une paire de chaînes, juste qu'ils étaient très épris l'un de l'autre. « Que fais-tu là, petite curieuse ? » La baronne sursauta. C'était Solal. Les deux amants dans la pièce voisine ne les avaient pas entendus, leur début de discussion couvert par leurs râles. La jeune femme dut faire face à son frère âgé de 43 ans. « Je… euh… — Tu espionnais, mesquine ! Et alors, était-ce intéressant ce que tu as vu ? » ajouta-t-il en s'avançant vers elle dans l'unique but de refermer la porte. « P… pardon ? » Il se dégagea et passa derrière son bureau pour ranger correctement des papiers, mais ne s'assit pas. « Tu m'as bien compris. » Il lâcha le paquet de feuilles qu'il tenait. « J'ignore qui tu es et la raison pour laquelle ils t'ont envoyée ici, même si j'en ai ma petite idée. Ce que je sais, en revanche, c'est que ma sœur ne fouinerait pas et saurait nous distinguer, moi et Ruben. — Ruben et vous, corrigea Mélissa. — L'orgueil qui te pousse à corriger mon erreur et le voussoiement que tu emploies pour t'adresser à nous deux ne font qu'appuyer ce que je viens de dire. » Il quitta la pièce avec ses documents à traiter. Avant de sortir, il s'arrêta près d'elle. « Une dernière chose, dit-il en gardant le regard fixé sur l'entrée tandis qu'elle osa le regarder en biais.

Puisque tous croient que tu es "la baronne", tu es ici chez toi et tu as tous les droits que te procure ce titre, mais ne t'avise plus d'exercer tes "dons" de voyeurisme et encore moins sur mon frère. Sur ce, je te souhaite la bonne nuit, "ma chère sœur" ». Mélissa sentit le courant d'air dégagé par la marche rapide de Solal. *Alors nous sommes bien le soir,* pensa-t-elle.

La jeune baronne passait par l'un des couloirs les plus éclairés du château. Celui-ci était constamment aéré par une suite d'arcades séparées par de minces colonnes torsadées. On pouvait y voir le crépuscule s'installer. Elle entendit du mouvement. Les frottements de sa robe en velours se turent. « Bonsoir. » La jeune femme sentit son sang se figer dans ses veines et son corps se pétrifia entièrement. Derek surgit de l'obscurité. Il se pavanait comme si les positions hiérarchiques étaient inversées et s'approcha d'elle de près, de trop près. « Tu m'as manqué, mon amour, annonça-t-il en lui caressant le menton. Tu n'as pas idée du nombre de fois où j'ai pensé à toi, mais c'est fini maintenant, ma poupée est rentrée. Je vais pouvoir arrêter de le faire seul, n'est-ce pas ? » Il approcha son visage du sien et lécha sadiquement la énième larme qui coulait sur sa joue. « J'espère que tu as bien dormi pendant toutes ces années d'absence, car à partir de ce soir, elles seront toutes agitées », susurra-t-il à son oreille, faisant trembler quelques mèches rebelles. Il disparut dans la direction qu'était censée prendre la jeune femme. Mélissa n'osa plus bouger, trop effrayée de mettre un pas dans l'obscurité traîtresse, l'odeur et la sensation de la salive de cet homme comme avant-goût de ce qui pourrait arriver, de ce qui allait certainement lui arriver.

« Mélissa, Ruben tressaillit en prononçant son prénom, n'est pas au conseil des ministres. » Solal fit face à son frère. « Tu l'as cherchée ? demanda-t-il simplement. — Non, je pensais qu'elle serait avec toi. » Comme pour le jour de leur séparation avec leur sœur, les deux frères cherchèrent Mélissa, sauf que cette fois-ci ce n'est pas dans la chambre de Derek qu'ils la trouvèrent, mais dans la sienne. En poussant la porte, ils la découvrirent en larmes et à genoux, des giclements de sang recouvraient son visage. Elle essayait de contenir les tremblements de son corps. À côté d'elle gisait Derek, une simple épingle à cheveux enfoncée dans son cou. « Merde », souffla Solal tandis que Ruben tomba à terre, serrant sa sœur contre lui. « Ça va aller, Mélissa. Ça va aller. » Solal fixait le cadavre, se demandant comment ils allaient faire pour s'en débarrasser.

La Vie de la Mère

C'était avant. C'était avant la répudiation. C'était avant l'enfant illégitime. C'était avant la tromperie. C'était avant le sentiment d'abandon. C'était avant les deux enfants légitimes. C'était avant le mariage. C'était avant que Mona Draconite ne prenne le nom Van Pfire. Bref, c'était avant.

Mona vivait avec sa famille dans un grand village de deux cents habitants, dirigé par un bourgmestre et un conseil d'organisation. Elle habitait dans une grande maison avec son père, sa mère vivant avec ses frères dans une maison voisine. Ses grands-parents vivaient dans sa rue. Ses oncles et tantes à deux rues de la sienne et ses cousins dans un rayon de moins de trois kilomètres. Toute cette grande famille soudée était une famille de marchands ayant fait fortune dans l'industrie du textile. Leurs ateliers se trouvaient un peu à l'écart du charmant village et chaque pièce confectionnée devait être transportée jusqu'à leurs boutiques en charrette ou en calèche. Il fut donc tout à fait normal pour Mona d'en trouver une ce jour-là devant chez elle. Toute souriante, elle ouvrit la porte de la calèche. Ses yeux mirent du temps à s'adapter à l'obscurité qui y régnait. Les fenêtres avaient été obstruées. Les yeux de Mona finirent par dessiner les contours, non pas de tissus, mais de la personne transportée. Elle tremblait, recroquevillée le plus loin possible de la lumière émanant du dehors, à même le sol. Son visage se tourna vers celle qui l'observait, hébétée. C'était un homme, c'est ce que pensait Mona. Son œil la transperça de toutes parts, un frisson parcourut chaque parcelle de sa peau beige. « Alors, ma p'tite dame, vous payez ou vous payez pas ? s'impatienta le cocher. — Je paie ! se reprit-elle. Pourriez-vous patienter une seconde, s'il vous plaît ? » L'impatient grommela. La porte de la calèche se referma et l'homme qui s'y trouvait à l'intérieur souffla, découragé. Il sursauta. La porte s'était rouverte. « Alors ? Vous venez ? » demanda-t-elle, guillerette. Elle avait ramené une couverture. L'emmener chez elle n'avait pas été chose aisée malgré la maigre distance qu'ils avaient eu à parcourir. Elle l'avait conduit jusqu'à sa chambre et avait posé un tissu sur chaque vitre. Quand elle eut fini, il hésita à enlever sa protection contre le soleil puis céda. L'homme ne regardait pas celle qui lui était venue en aide, à la place il baissait les yeux vers le sol. Il ne fallait surtout pas que quelqu'un les surprenne, une femme en âge de se marier, seule, dans la même pièce qu'un homme. Tout ça n'était pas convenable. Mona enlevait la poussière de ses mains, satisfaite de son travail, et s'arrêta. Elle s'assit près de son invité. « Alors ? Vous faites quoi dans la vie ? » Aucune réponse. « D'ac-cord... » Mona fixa le bout de ses pieds. « Je vais dormir un peu, déclara une voix grave. — Ah, euh... d'accord. » Il n'attendit pas qu'elle parte et s'allongea sur le lit. « Bon... J'imagine que le voyage a été épuisant. » Il gigota dans son sommeil, lui donnant un coup de pied dans les reins. « Bon, d'accord, je m'en vais. » Elle ferma la porte de sa chambre en silence. Retournant à ses corvées habituelles, elle se mit à balayer la petite allée du jardin. « Bonjour, mademoiselle Draconite. — Oh, bonjour, monsieur le bourgmestre. J'espère que vous vous portez bien. » Il se mit à rire. Malgré son âge, Mona était toujours traitée comme une enfant avec lui et elle ne s'en rendait même pas compte. « Oh, comme vous êtes charmante ! s'enthousiasma-t-il. J'espère que vous serez là à la réunion qui aura lieu ce soir. » Il lui tendit un prospectus. « La réunion ? — Oui, la réunion. Vous savez, celle sur les nouvelles règles qui vont être établies. Vous êtes en âge d'y participer à présent. — M-merci. » Il lui tira son chapeau et continua son chemin.

Mona le regarda partir avant de jeter un coup d'œil à ce morceau de papier.

La nuit commençait à tomber alors que Mona venait de quitter la réunion. Elle ne s'y était pas vraiment sentie à sa place, à l'étroit, inutile. En partant, elle avait surpris ses parents discuter avec le bourgmestre dont l'un des fils faisait partie du conseil d'organisation. Elle ne l'avait pas vu ce soir-là. Mona était rentrée seule. Sur le chemin du retour, elle avait réfléchi aux paroles qu'elle avait entendues : « Point suivant : Nous devons faire face à une nouvelle menace, les vampires. Nous pensions que ce mal ne nous frapperait pas, mais nous avons reçu une lettre de l'Organisation des Chasseurs. Les vampires se déplacent vers notre région. Dès la semaine prochaine, un groupe de Chasseurs débarquera pour protéger notre village. Si quelqu'un voit quelque chose de suspect, qu'il nous avertisse immédiatement. Oui ? » Mona avait timidement levé la main. « Qu'est-ce que… qu'est-ce que ça veut dire, quelque chose de suspect ? » Les gens avaient ri. « Autre chose ? » s'était exaspéré le porte-parole. Mona s'était vite attelée aux fourneaux pour oublier cet embarras. C'était le jour de la semaine où toute sa famille proche se réunissait pour dîner. Elle abandonna un moment la cuisine pour rendre une petite visite à son invité.

Quand elle entra dans sa chambre, elle le trouva au bord de la fenêtre, prêt à se jeter dans le vide. Mona se précipita pour l'écarter d'une mort certaine. « Mais enfin, ça va pas ! s'emporta-t-elle. Vous auriez pu y passer. » Il la fixa, le regard vide. « Vous allez bien ? Dites quelque chose, bon sang ! » Dès qu'elle eut prononcé ces mots, il toussa. Il regarda sa main, une tache sombre salissait sa paume. « Je suis un monstre », murmura-t-il. Mona se tut.

    « Pardon ! — Je ne vois pas de quoi tu peux te plaindre. Épouser un si beau parti, ce n'est pas donné à tout le monde, expliqua sa mère en se resservant du gratin de pommes de terre. — Mais il a déjà un fils qui était dans ma classe à l'école et... il a l'âge de Papa ! — Il est plus âgé que moi », corrigea son père. Désemparée, Mona sentait son destin lui filer entre les doigts pendant que ses neveux faisaient des bêtises. Ses parents étaient trop aveuglés par leur bonheur tordu pour prendre en considération celui de leur propre fille. Elle qui était de nature si curieuse et enthousiaste à chacune de ses découvertes sur le monde extérieur ne s'était jamais imaginé rester jusqu'à ses derniers jours enfermée dans ce petit village étouffant. « Comme tu es chanceuse, ma fille ! » s'exclama sa mère, un grand sourire aux lèvres.

Cette situation était injuste. Certains de ses frères ne s'étaient pas mariés, les autres avaient fait annuler leurs unions. Leurs fils qu'ils avaient eus étaient de véritables têtes à claques, pourtant personne ne leur disait rien. Mona était la sacrifiée de la famille Draconite, la sacrifiée de leur bonheur et de leur bonne situation.

« Vous êtes un vampire, n'est-ce pas ? » L'homme releva la tête. « Comment le savez-vous ? — Un étranger en cavale passant près de la zone concentrant de nombreux autres vampires, ça tombe sous le sens, voyons. » Il baissa la tête, conscient qu'elle allait le dénoncer. Le matelas sur lequel il était assis subit une seconde personne. « Explique-moi tout ce qu'il faut savoir sur ton espèce. »

« D'accord… donc si je comprends bien… ça fait beaucoup d'informations à traiter. — Oui. » Silence. « Eh, ça te dit d'avoir une réserve de sang illimitée ? »

« Doucement… voilà… comme ça… » Le vampire parvint enfin à rentrer dans la calèche sans encombre. « Bonjour, mademoiselle Draconite. — Monsieur le bourgmestre ! s'exclama-t-elle en serrant les dents après s'être précipitamment retournée. — Y aurait-il un problème ? se renseigna-t-il. Vous sembliez occupée. Quelqu'un ne se sentirait-il pas bien ? — Non, je veux dire oui... mon grand-père. — Pourtant, il m'a semblé le voir ce matin, et en pleine forme. — Alors, ça doit être Papi Rodriguez que vous avez vu. Grand-Père Gregor ne se sent pas très bien... — Ah, je comprends. À ce propos, vos parents ne vous ont rien dit ? — Mes parents ? Ils auraient dû m'annoncer quelque chose ? minauda la jeune fille. — Non, oubliez. Vous le saurez bien assez vite. — Pas trop vite, j'espère. J'ai toute la vie devant moi, vous savez. » D'un grand sourire, elle prit congé. Elle s'installa à la place du cocher et fouetta les chevaux pour avancer. L'homme trop vieux pour elle poursuivit sa route. *« Si quelqu'un voit quelque chose de suspect, qu'il nous avertisse immédiatement. »* Il se souvint, celui qu'il avait aperçu n'était pas Rodriguez, mais Gregor. Furieux, il partit vite donner l'alerte.

« Vite, plus vite ! — Ça va, je fais ce que je peux ! s'énerva Mona. — À ce rythme-là, on ne les sèmera jamais. — Tais-toi ! Tu ne peux pas conduire à cause du soleil et tes remarques sont parfaitement inutiles. — Tu conduis le jour et moi la nuit, c'était le contrat, répliqua le vampire. — Pour l'amour du ciel, tais-toi ! »

Après l'agacement vinrent l'attachement, l'amour, le bonheur et l'espoir.

Le Dhampire

Le peuple nocturne ne pouvant plus être gouverné par leurs souverains devenus à leur tour des créatures de la Nuit, Arduinna et son mari fondèrent l'Organisation des Chasseurs.

Dans la pièce éclairée par de grands rayons de soleil gisaient des corps. Tout au fond de la pièce, caché sous une table, se trouvait un petit garçon mort de peur. Une femme, pleine d'une rage meurtrière, souleva la nappe qui le dissimulait partiellement du massacre qui venait d'avoir lieu. Dans sa main, un couteau prêt à s'abattre. Une autre main stoppa son geste. « Arrête ! Ce n'est qu'un petit garçon, il est parfaitement inoffensif. » La voix qui venait de défendre cette misérable vie appartenait à un homme. « Il finira comme eux, répondit-elle avec hargne en détachant son poignet de sa prise. » L'homme l'arrêta une seconde fois. « Il paraît qu'ils se reconnaissent entre eux, insista-t-il avant de proposer : Il pourrait nous aider à les traquer. » La femme souffla puis abaissa son arme. « Si tu veux, lui céda-t-elle en se relevant, mais à condition que ce soit toi qui t'en occupes. » La Chasseresse laissa Cernunnos se retrouver seul avec l'enfant tandis qu'elle allait inspecter les autres pièces.

Des années plus tard, Maxence avait été capturé par une bande de vampires. Contrairement à ce que pensent les Chasseurs, les vampires sont comme les humains : ils peuvent être bons ou mauvais, mais généralement la chose est plus complexe. Ceux qui étaient tombés sur Maxence se nourrissaient uniquement du sang de ceux qui leur voulaient du mal. Malheureusement pour lui, l'enfant mort de peur qui avait grandi en faisait partie. Il en payait le prix, ligoté, prêt à être vidé du liquide qui affluait dans ses veines. Une vampire, grande et svelte, aux cheveux tombant jusqu'à ses hanches, s'avança dans l'obscurité. Elle s'agenouilla près de ce garçon fébrile et lui agrippa les cheveux pour maintenir sa tête en arrière. Ses crocs approchèrent dangereusement de ce cou et s'y plantèrent sauvagement. Après deux gorgées, elle arrêta, le dévisagea et partit. Maxence se retrouva dans l'obscurité totale.

« Quelque chose cloche avec le nouveau. » Cendra se tenait plus droite qu'un I, les bras croisés. Elle tourna la tête en direction de l'homme avec qui elle était en train de converser. « M'écoutez-vous ou faites-vous juste semblant ?
— C'est fort probable, en effet, puisque vous êtes

d'un tel ennui. » Icare releva le nez du liquide qui mijotait dans la marmite. « Mais qu'est-ce qui pourrait vous faire croire une pareille chose, ma sœur, à propos du nouvel arrivé, j'entends ? — Son sang a un goût étrange, vous dis-je ! — Si c'est une boutade, elle est de fort mauvais goût. » Cendra, perdant patience, le toisa. « Ah... Vous êtes sérieuse. Eh bien, se reprit-il, avez-vous songé que cette différence serait due à un groupe sanguin dont vous ne vous êtes jamais sustenté auparavant ? Ou peut-être qu'il diffère selon les régions d'où ils sont natifs. — Vérifiez par vous-même si cela vous chante ! Quant à moi, j'en ai fini avec cette conversation qui tourne au ridicule. » Sur ce, elle tourna les talons et quitta la pièce.

Le soleil était lumineux dans le ciel et pourtant Icare n'arrivait pas à dormir, piqué par la curiosité. Il se leva et se dirigea vers les cachots éphémères pour trouver celui de Maxence. Il détestait ça, voir des hommes être moins bien traités que des animaux. Cela ne l'enchantait guère, mais il fallait se débarrasser de ces saletés de Chasseurs. De plus, certains vampires, dont sa sœur, avaient essayé de tisser des liens avec des humains pour se nourrir sans leur faire de mal. À chaque fois, cela s'était mal, très mal terminé. Icare était comme eux, il avait peur. Il ne voulait pas qu'on lui fasse la peau. Il se retrouva devant la porte qu'il cherchait. Il inspira profondément puis ouvrit.

« Que faites-vous à cette heure-ci ? La nuit n'est pas encore tombée et vous voilà, mon frère, de si bonne humeur à mijoter je ne sais quoi. Votre état m'inquiète. Êtes-vous souffrant ? — Ne vous faites pas de mauvais sang. Je suis au mieux de ma forme, ma sœur adorée ! s'exclama-t-il en venant l'enlacer un peu trop fort. Et je vous saurais gré d'avoir la bonté de me pardonner les malheureuses paroles que j'ai eues pour vous hier matin. — Diantre, je ne vous reconnais plus. Que se passe-t-il ? — Je crois avoir trouvé la solution, déclara-t-il tout enjoué. — La solution à quoi ? » Icare redevint subitement sérieux et désigna du menton la marmite. « Ah… Cette solution ? » Il acquiesça. « Y croyez-vous vraiment, mon frère ? Je dois vous avouer que moi, j'ai perdu espoir. — S'il existe la moindre chance, nous devons essayer, pas que pour nous, mais pour tous les autres. » Cendra réfléchit un instant. « Vous avez raison. Je suis désolée, j'ignore ce qui m'a pris… Mais alors, d'après vous, son sang… il pourrait nous aider à nous retransformer ? — Nos recherches menées ont été poussées, mais en ce qui concerne les dhampires… — Les…

dhampires ? — Les dhampires. Moitié humains, moitié vampires. Aimez-vous le nom que je leur ai attribué ? — Cessez vos enfantillages et expliquez-moi comment est-ce possible que de tels hybrides existent. — Je n'en sais strictement rien. Comme j'allais vous le dire, nous n'avons encore rien à ce sujet. Peut-être est-ce le seul de son espèce. — Croyez-vous qu'il pourrait se transformer et devenir comme… comme nous ? Dans ce cas, il serait rejeté des siens. — Si tel était le cas, voudriez-vous l'accueillir parmi nous ? » la questionna Icare. Cendra détourna les yeux. « Je n'en sais rien. » Icare s'approcha de sa sœur et la prit dans ses bras. « Pour le moment, profitons d'une perspective plus réjouissante. Espérons qu'il soit la promesse de notre salut. »

Maxence frotta ses poignets endoloris, méfiant. « Suis-moi », ordonna la belle Cendra. Il détailla un moment son environnement, mais ne trouva rien pour semer cette stricte vampire. Il n'eut d'autre choix que de la suivre.

Le dhampire dévora avidement le morceau de viande que l'on venait de lui servir en mâchant difficilement. Voilà deux jours qu'il n'avait ni bu ni mangé. Il finit par faire une pause, dégoûté par la vampire assise face à lui qui sirotait un verre de sang, le regard fixé sur lui. Il se goinfra de plus belle, espérant l'oublier ainsi, et ce qui devait arriver arriva : il avait avalé un morceau de travers et il se mit à tousser pour le faire passer. Icare, dissimulé sous un drap d'obscurité, vint s'asseoir à la gauche de leur invité. « Quel est ton nom ? » Maxence le dévisagea avant de lui cracher : « Pourquoi devrais-je vous le donner ? » Le vampire, sans être offusqué par le mépris du jeune homme, sortit une pièce en argent pour la lui montrer. « Connais-tu ce symbole ? C'est celui de ma famille. Actuellement, nous estimons être un peu plus d'une centaine, mais rien n'est sûr. » Sous le regard penseur de l'ancien petit garçon caché sous la table, il la rangea dans sa poche. « Je vais être franc avec toi. Toutes ces personnes me sont chères et comptent sur ma sœur et moi pour les soigner. Nous sommes malades, ce que nous faisons n'est pas un choix, mais une fatalité. Nous cherchons un remède, mais il n'en existe toujours pas. Je pense... nous pensons que ton sang pourrait être la solution. La question est maintenant de savoir si tu acceptes de nous aider ou non. Nous ne te demandons pas de nous donner ta réponse tout de suite. » Retourné dans sa cellule après ce délicieux repas et toutes les explications détaillées de son hôte, Maxence se mit à repenser au fragment de son enfance qu'il croyait être un mauvais rêve. Il savait. Il le savait à présent, ce n'était pas un rêve, cela s'était vraiment produit. Après plusieurs jours d'hésitation, il finit par accepter. « Très bien, ça nous évitera de pomper ton sang sans ton consentement », déclara Cendra en sirotant une gorgée d'un nouveau verre de sang. Les poils de Maxence se hérissèrent sur sa nuque et Icare jeta un regard froid à sa sœur comme réprimande.

« Je te prélève juste un peu de sang pour faire des tests », expliqua Icare. Maxence rit nerveusement. « J'ai peur des saignées, déclara-t-il. — Ne t'en fais pas, je vais faire attention, comme toujours. » Il approcha une fine lame de son poignet et laissa couler un peu du liquide sombre dans une petite assiette creuse en métal. Icare posa le récipient sur la table en bois et entoura soigneusement le poignet entaillé d'un bandage, puis se releva pour commencer ses tests. Maxence caressa le tissu d'un blanc tirant sur le gris, songeur. Il se leva à son tour et alla retrouver le vampire devant son chaudron. Le jeune homme, adossé contre la pierre froide et n'en pouvant plus d'attendre, prit le bras du vampire pour le rapprocher de lui et le forcer à le regarder. Il l'embrassa et son baiser lui fut rendu, mais ils n'étaient pas seuls, Cendra avait surpris la scène derrière l'ouverture de la porte.

« Savez-vous qu'il ne vous aime pas réellement ? — De quoi parlez-vous ? » Icare, trop enjoué cette nuit-là, se délectait de billes de sang séché sans vraiment prêter attention aux dires de sa sœur. « Ne jouez pas l'innocent, vous savez pertinemment de qui je veux parler, de notre misérable petit cobaye devenu votre gigolo. Réalisez-vous qu'à la moindre occasion, il vous poignardera dans le dos sans une once de remords ? » Une expression glaciale se peignit sur le visage du frère. « Vous vous méprenez, ma sœur. Il m'aime, vous dis-je ! Et moi, je l'aime malgré votre langue de vipère. » Froissé, il quitta la table, la laissant seule.

L'ambiance était calme dans la chambre. Maxence somnolait, la tête contre le torse du vampire tandis qu'Icare lui caressait les cheveux. « Maxence ? — Mmh ? » Le dhampire n'entendait que de très loin la voix de son amant maudit. « Est-ce que tu m'aimes ? Tu ne me feras pas le moindre mal, n'est-ce pas ? » Ces deux questions étaient dictées par les cruelles paroles de sa sœur qui résonnaient dans son esprit. « Mmh. » Maxence remua un peu sans changer de place. Le vampire remarqua le couteau qui, jusque-là, ne l'avait jamais inquiété, posé sur la table de nuit de son amant. Une angoisse vicieuse s'installa dans sa poitrine et dans la chambre envahie par un silence pesant, il s'endormit en attendant la mort.

Une explosion se produisit dans l'enceinte du bâtiment souterrain. Icare, affolé, courut à travers le couloir principal pour trouver Maxence tandis que sa sœur faisait tout son possible pour sauver le plus de monde. Il le vit. La seconde suivante, une flèche transperça l'épaule du vampire. Il recula sous le choc. L'amour de sa courte vie était tiré vers la sortie tel un pantin. Le dhampire n'essaya pas de résister, brisant le cœur du pauvre vampire, tiraillé entre son amour et sa famille. Les Chasseurs avaient regagné la lumière du jour, emportant ce qu'Icare avait de plus précieux. Le plafond s'écroula et l'amant maudit s'éteignit dans une plus grande souffrance et une plus grande douleur émotionnelle que physique. « Eh, ça va, fils ? Fils ? » Cernunnos secouait Maxence, mais il ne bougeait pas, affalé sur un rocher, le regard vide. « Il faudrait ne plus rien ressentir. — Quoi ? » Maxence se tourna vers son père, le visage fermé, quelque chose de brisé dans ses yeux. « Il faudrait ne plus rien ressentir pour faire correctement ce que nous faisons. »

L'Histoire de Citra

Il y a quelques décennies de cela, Rotin d'Ambois, le noble le plus riche de la cour, s'entretenait dans une pièce fermée du château avec le troisième roi de la lignée Childhéric. « Vous vous faites vieux et fatigué, mon roi. Ne serait-il pas judicieux de penser à nommer un successeur pour le moment où vous viendrez à nous quitter ? » Rotin rôdait autour de lui tel un prédateur autour de sa proie. Le roi répondit calmement, mais sans laisser place à une quelconque contestation : « Ma fille fera une excellente reine et le moment venu n'est pas encore arrivé. — Blasphème ! s'écria Rotin d'Ambois. Une femme ne peut gouverner, quant à votre mort, elle est imminente. » Une dague vint s'enfoncer dans l'estomac du roi. La première émotion qui l'atteignit fut la surprise. « Personne n'a ouï dire de cette entrevue, personne ne saura ce qu'il est advenu de vous, personne ne se doutera de quelque chose ou cherchera à en douter. — Ne vous avisez pas de toucher à ma fille, menaça le mourant en crispant ses mains sur les épaules de son assassin. — Ne vous en préoccupez pas, elle ne représente aucune menace pour la suite des événements. » Le duc d'Ambois retira la dague, faisant gicler du sang et tomber le roi. Ce que Rotin d'Ambois ignorait, c'était la présence d'un témoin gênant. Citra était une petite fille âgée de 3 ans aimant le calme et la tranquillité, mais également une petite futée fuyant constamment les obligations de la cour et ses gouvernantes. Elle s'était cachée sous la table au centre de la pièce, une longue nappe la dissimulait presque entièrement. Ne prêtant aucunement attention à des sujets trop compliqués à comprendre pour son âge, elle jouait avec ses deux poupées en bois confectionnées par le garçon d'écurie. Soudain, elle entendit une lourde masse tomber, ce qui attira son attention. Elle leva un pan de la nappe et regarda avec horreur le corps sans vie de son père qui gisait dans une flaque de sang. Son corps se pétrifia, elle n'osait plus bouger. Elle se retrouvait incapable de pleurer, de crier, d'appeler à l'aide, mais surtout, de décrocher les yeux de la scène qui se poursuivait devant elle. Une grosse paire de bottes noires s'approcha du corps. La petite princesse entendit le bruit d'un flacon que l'on débouchait. Un liquide s'écoula silencieusement du récipient pour recouvrir méticuleusement les preuves. Les bottes restèrent plantées là, toutes calmes, effrayant la petite fille qui pensait que son souffle bruyant l'avait trahie. Les deux bottes finirent par s'en aller. La porte grinça puis claqua. La petite princesse ne bougea pas avant que, prise d'un élan de courage, elle ne sorte de sa cachette et aille retrouver sa mère. La reine riait aux éclats, entourée d'un petit groupe de courtisans. « Maman ! Maman ! s'époumona Citra en dévalant le grand escalier. — Qu'y a-t-il, mon ange ? se préoccupa sa mère en congédiant d'un signe de la main les courtisans. — Pap... a, Pa... pa, bafouillait la petite fille, i-il... il est... » Avant qu'elle n'ait eu le temps de se faire comprendre, une main masculine se posa sur l'épaule de sa mère. Ce... ce n'était pas possible ! Son père, non, un homme vêtu de l'apparence de son père se dressait devant elle. « Ah, mon époux, je vous attendais ! sourit de toutes ses dents la reine avant de déposer un fin baiser sur sa joue. Mais où étiez-vous durant tout ce temps ? — J'avais une affaire urgente à régler. » C'était le duc d'Ambois, Citra l'avait reconnu à sa posture, son expression, le ton pénible de sa voix et surtout, ses bottes. Un frisson la parcourut entièrement. Elle crut bien mourir.

La reine s'était habituée aux changements troublants du roi et avait accouché de triplés, dont l'un naquit avec une dent. Comme le père des trois petits monstres, elle refusait de s'en séparer. Ce fut au cours d'un déjeuner familial que se poursuivit enfin la suite de l'histoire. Citra venait d'avoir 8 ans, mais était très intelligente et très mature pour son âge. « Mais Mère, pourquoi n'aurais-je pas le droit d'apprendre à manier les armes ? finit-elle par s'emporter. — Il y a des choses qu'une femme doit savoir faire et d'autres qu'elle ne doit surtout pas savoir, déclara l'imposteur. — Tout à fait, mon amour. Il serait bon, ma fille, que tu écoutes un peu plus ton père. » En vérité, la reine ne pensait pas un mot de ce qu'elle venait de dire, mais son « époux » l'avait convaincue que Citra ne serait jamais une bonne souveraine. Quant à la petite Citra, elle fulminait de rage. Cet homme qui se permettait de contrôler sa vie et de lui faire une remarque à tout-va n'était même pas son père ! La fierté du faux roi se calma bien vite quand il remarqua quelque chose qui pourrait bien contrecarrer ses plans. Les joues de la petite fille n'avaient pas rougi de rage, mais bleui. Il fallait qu'il en ait le cœur net, surtout que cette sale gosse, en prenant de l'âge, gagnait en insolence. La reine qui se démenait avec les trois petits sur ses genoux finit par laisser tomber. « Tiens Citra, aurais-tu l'amabilité d'aider ta pauvre mère et prendre l'un de tes frères, s'il te plaît ? » Sans lui laisser le temps de répondre, elle lui en posa un sur les genoux. « Merci, mon ange. —

Voilà enfin quelque chose qu'une femme est censée apprendre à faire. » La petite princesse répondit à la remarque du duc par un sourire exagéré. L'enfant qu'on lui avait imposé ne se tenait pas tranquille et elle dut rivaliser de force avec lui. En essayant de le maîtriser, elle s'écorcha le pouce avec une écharde qui dépassait du bord de la table. Une goutte bleue s'en échappa et les craintes de son paraître se confirmèrent. « Oh, regarde mon amour, c'est un miracle ! Un miracle ! s'extasia la reine euphorique. — Un miracle, en effet », se contenta-t-il de répondre amèrement sous le regard provocateur de sa belle-fille.

Chacun de ses souffles, chacune de ses inspirations reposait sur le son des gouttes qui tombaient du plafond humide des cachots. Citra était seule, enfermée dans le noir. Seul un rayon de lumière avait percé la pierre et éclairait son état pitoyable qu'elle aurait préféré ne pas voir. « Maman ! Maman ! » La princesse avait été arrêtée pour sorcellerie. L'amour rend aveugle et la reine avait laissé sa conscience être assassinée par l'homme qu'elle croyait aimer. La princesse déchue était seule à présent, il n'y avait plus personne pour la protéger. Privée de nourriture et des premiers soins, on la laissait mourir lentement.

« Pourquoi… pourquoi personne n'a vu la brume ce jour-là ? Pourquoi… pourquoi personne ne s'est douté de rien ? » Des sanglots et des pleurs s'emparaient d'elle jusqu'à ce qu'elle ne puisse plus verser une larme et attendre patiemment que ses yeux soient suffisamment reposés pour recommencer. Elle se laissa sombrer dans un sommeil libérateur. Au milieu de la nuit, elle se sentit étouffée. Prise d'un besoin de vivre, elle s'acharna contre la pierre, escalada plusieurs fois le mur, s'écorcha d'innombrables fois la peau. Sa main se glissa dans le trou pour pousser les pierres qui ne tenaient plus convenablement en place. Elle se hissa dedans et tomba douloureusement sur l'herbe fraîche. Courir, à présent c'était ce qu'elle devait faire si elle voulait vivre : courir, le plus longtemps possible, le plus loin possible.

Citra était frigorifiée. Elle avait couru le plus longtemps qu'il lui avait été tolérable et, trop fatiguée, avait troqué sa course contre la marche. Depuis plusieurs heures, la nuit froide s'était installée, l'affaiblissant de plus en plus. La petite fille aperçut de la fumée au-dessus des arbres. Désespérée, elle en chercha sa provenance. Quelqu'un avait allumé un feu. Dessus grillaient des brochettes de grenouilles. La petite voleuse se précipita pour les arracher des flammes et les dévorer. « Dis donc, petite, ne t'a-t-on jamais appris à ne pas prendre ce qui ne t'appartient pas ? » L'étranger à qui appartenaient ces brochettes s'installa à côté d'elle. De son gros sac en toile de jute se déversèrent une bonne centaine de grenouilles : des roses, des bleues, des vertes, des jaunes. Toutes noires avec d'immenses taches colorées recouvrant leur dos. L'étranger sortit d'une poche un outil et commença à gratter avec la peau des cadavres amphibiens dont des bouts de celle-ci sautaient dans tous les sens. Les cellules écrasées donnaient un liquide que l'étranger récoltait dans différentes fioles. Citra se rapprocha de lui. « Que faites-vous, monsieur ? — Tu vois ces grenouilles ? demanda-t-il amusé par la petite fille. Leurs pus que je suis en train de récupérer possèdent de nombreux usages et vertus bien utiles. — Comme quoi, par exemple ? s'enquit-elle. — Eh bien… à plein de choses ! Prenons le pus violet, par exemple, il est mortel si injection. Le pus rose peut servir à la fabrication d'un philtre ou d'un poison d'amour si je le mélange avec un autre pour le transformer en pus rouge. Le pus vert est un puissant antidote. Ou encore, celui de la grenouille tachetée de bleu empêche la transformation dans le cas de la zoanthropie. Bien sûr, pour que cela fonctionne, il faudrait ajouter des poils de l'animal correspondant au type de zoanthropie dont est atteinte la personne. — Bien sûr, répéta mécaniquement Citra. Mais qu'en faites-vous après ? — Je les vends. — À qui ? — À des gens. — Oui, mais à quel genre de gens ? insista la petite curieuse. — Des gens louches, principalement. » Apeurée par le ton effrayant qu'il avait pris, la petite se recroquevilla sur elle-même et le gratteur de grenouilles poursuivit sa tâche.

Citra avait grandi. Sa peau était toujours aussi livide qu'un linge comme elle l'était le jour de l'assassinat de son père. Malgré son teint de fantôme, elle était en bonne santé et pleine de vie. Ses cheveux étaient toujours coiffés en une tresse à l'arrière de son crâne et finissaient en queue-de-cheval basse. La jeune fille banda son arc et visa un épais tronc d'arbre. Sa flèche le rata de trois mètres sur la gauche. « Zut ! Ça m'énerve ! » Elle ramassa son carquois et alla chercher sa flèche. Après l'avoir récupérée, elle la fit tournoyer entre ses doigts. « Ah, mais qu'avons-nous là ? » Sur une butte, entre deux arbres non loin de l'adolescente, se trouvaient deux garçons un peu plus jeunes qu'elle. Le troisième tardait à les rejoindre. Elle s'était aventurée trop près de, fut un temps, le royaume de son père. Les deux garçons s'avancèrent dangereusement vers elle. Avec son arc, elle visa celui qui semblait se prendre pour le petit chef, mais aucune de ses flèches ne le toucha. Il arriva jusqu'à elle, lui agrippa l'épaule et la plaqua contre un arbre. S'adressant au deuxième qui arborait un carré blond, il demanda : « Qu'est-ce qu'on en fait, Narcisse ? » Narcisse n'eut pas le temps de répondre, le troisième venait d'arriver au sommet de la butte et de trébucher. Les deux premiers posèrent les yeux sur lui sans manifester plus de réaction, habitués à sa maladresse. Il finit par se relever, mais Citra avait profité de cette distraction pour prendre une flèche dans son carquois. Elle poignarda la cuisse de l'adolescent qui la maintenait contre l'arbre avec. Celui-ci fléchit avant que l'un de ses frères ne le retienne. Les deux premiers fuirent comme des lâches, laissant le troisième seul avec Citra. La princesse déchue reprit son souffle, posant sa main froide sur le haut de son torse. Elle sentait sa poitrine se lever et s'affaisser, sa main trembler et sa respiration se faire irrégulière sous l'effet de la peur et du soulagement. Il ne restait à côté d'elle que le garçon à la colonne vertébrale en mauvais état, donc parfaitement inoffensif. D'un seul coup, elle tourna la tête vers lui en le pointant avec son arme. Elle s'attarda un bref instant sur ses yeux bruns, récupéra ses autres flèches en le surveillant du coin de l'œil puis partit.

L'homme aux jambes de bouc mélangeait des herbes quand Citra rentra de sa longue escapade. La jeune fille posa son attirail sur le plan de travail avant de se servir de l'eau et s'asseoir. L'ongle de son index venait se cogner à plusieurs reprises contre le verre transparent, créant une musique répétitive désagréable pour la concentration. « Tu as rapporté ce que je… — J'ai rencontré mes frères aujourd'hui. » Il stoppa son geste pour la dévisager puis continua ce qu'il faisait. « Tu es sûre que c'étaient eux ? — C'était sur le territoire de mon père. Ils étaient trois, et du même âge. L'un d'eux ressemblait au baron, un autre s'appelait Narcisse, et ils avaient tous un petit air en commun avec Mère. — … Comment se sont passées vos retrouvailles ? se reprit-il. Émouvantes, je présume. — J'en ai poignardé un. — Bien, c'est très bien. » Il se dirigea vers un placard, en sortit une dizaine de fioles et retourna à sa place. « Concernant la vente de ton âme, tu as réfléchi ou… ? — J'y ai réfléchi. — Et ? — Non. — Pardon ! Mais pourquoi ? — Pourquoi le ferais-je et qu'est-ce que j'ai à y gagner ? — Ce que tu y as à gagner, petite insolente, c'est la vie éternelle et la magie, rappela-t-il en se rapprochant d'elle.

— Oui, j'ai bien compris cette partie-là du marché. Le pépin, vois-tu, c'est que je n'y vois pas vraiment l'intérêt. De plus, si certains naissent avec des pouvoirs et d'autres non, c'est qu'il doit y avoir une raison. — Oui, et cette raison, c'est l'injustice de la vie. — Parce que tu crois que tu contribues à rendre la vie des autres meilleure et plus équitable ? De toute façon, c'est mon choix, pas le tien. — Citra ! » tenta de la retenir le druide, mais l'adolescente avait déjà pris ses affaires et s'était enfuie. De toute façon, elle avait encore du temps pour se décider, deux ans plus précisément.

Les jours défilaient depuis leur première rencontre sans que la jeune fille à la chevelure corbeau refasse son apparition. Pourtant, Colonne-en-vrac revenait sans cesse au même endroit. « Alors p'tit frère, qu'est-ce que tu fabriques ici ? As-tu déjà oublié ce que Père a dit ? On ne doit plus venir dans le coin, tu sais… à cause de cette fille. D'après des bruits de couloir, il voudrait la faire pendre. » Comme d'habitude, le petit chef des trois embêtait Colonne-en-vrac. Citra les écoutait, à la fois amusée et écœurée, perchée sur une grosse branche en hauteur. Une idée lui passa par la tête en même temps qu'un sourire sur ses lèvres. Prenant une grande inspiration, elle évacua tout l'air de ses poumons dans un hurlement. Un nuage d'oiseaux quitta les arbres alentour. « Qu'était-ce ? » paniqua le garçon aux cheveux blonds. Deuxième hurlement. « On s'en va », décréta le prince Viktor. Troisième hurlement. Citra se laissa tomber dans le vide. La corde avec laquelle elle s'était attachée à l'arbre un peu plus tôt la retint alors que sa tête n'était qu'à quelques mètres du sol. Une mèche de ses cheveux tout ébouriffés s'était retrouvée dans sa bouche. Citra éclata de rire sous l'air perplexe et inquiet du seul frère qui était resté. Pour se remettre sur ses jambes, l'adolescente casse-cou dut ramener ses jambes en dessous de sa tête puis se retourner pour faire face à Colonne-en-vrac. « Pourquoi es-tu resté ? Tu n'as pas eu peur ? » Le garçon haussa ses épaules de hauteur inégale en signe de réponse. Citra tira sur la corde pour la faire descendre. Elle tomba du côté droit de la branche et s'enroula sur elle-même comme un serpent. Citra lui jeta un coup d'œil avant de déclarer : « Je viendrai la chercher plus tard. Puis, s'adressant à son demi-frère : Bon, tu viens. » Et il la suivit, curieux.

« Savais-tu que cette pierre a des effets bénéfiques sur la santé ? Elle soigne surtout les difficultés respiratoires. — Demain il y aura une éclipse astrale, commença Citra, ça veut dire que… — Alors que pour cette pierre violette, ses vertus sont principalement psychiatriques. — Ça veut dire que… c'est pour bientôt. — Mais j'ignore encore quelles sont les maladies mentales qu'elle soigne le mieux. — Bordel ! éclata-t-elle en donnant un coup à la terre. M'écoutes-tu, oui ou non ? » Elle souffla bruyamment pour montrer son agacement. « Demain, il y aura une éclipse astrale, reprit-elle calmement. Cela signifie que je vais vendre mon âme à… — Ne fais pas ça ! s'exclama Colonne-en-vrac après s'être redressé. — Il le faut pourtant. — Pourquoi ? Qu'est-ce qui t'y oblige ? — Parce que j'en ai envie ! » cria-t-elle. Un silence pesant suivit ses paroles. « Qu'est-ce que ça te rapporte ? questionna-t-il d'un ton agressif. Le pouvoir ? La magie ? Peux-tu au moins sauver des vies avec ça, hein ? » Il prit une grande inspiration pour se calmer à son tour. « Moi aussi, j'ai quelque chose de très important à t'annoncer : l'état de ma colonne vertébrale s'est aggravé. » Il fit une pause. « D'après les médecins, d'ici deux ans, je me retrouverai quasiment plié en deux. La… la souffrance sera telle qu'il me serait préférable d'être exécuté. Je vais mourir… J'ai peur, Citra. » Les larmes qui se trouvaient au coin de ses yeux brillaient comme des diamants. Les traits de l'adolescente, comme sa voix, se durcirent sous l'effet de la détermination, et elle déclara avec fermeté : « Je vais te montrer ce qu'il est possible de faire avec la magie. Retrouve-moi ici, ce soir, à l'heure où les chauves-souris lumineuses chantent. » Elle broya presque l'épaule de son demi-frère pour lui faire comprendre qu'il devait s'accrocher.

Citra fit s'entrechoquer les flacons qu'elle saisissait à la va-vite. Elle versa leur contenu en différentes quantités dans un gros chaudron. Quand de la fumée commença à s'échapper du mélange, elle plongea une bobine de fil et une longue aiguille. Le fil en ressortit doré, l'aiguille resta argentée. Avec son matériel, l'adolescente rebelle s'introduisit dans la chambre de son étrange tuteur, un livre de sorts à la main. Il bougeait et marmonnait dans son sommeil. Assise au pied du lit, elle maintenait grand ouvert le grimoire sur ses genoux. Citra tenait l'aiguille serrée entre son pouce et son index, la pointe pointée vers le haut. Elle commença à lire à voix haute la formule dont elle avait besoin. Le druide endormi la répéta mot pour mot. Une forte étincelle surgit de la pointe de l'aiguille, et Citra, satisfaite, sortit de la chambre dans le plus grand silence. Les yeux de son tuteur s'entrouvrirent quand elle referma la porte.

Seul dans les bois, Colonne-en-vrac se pelait jusqu'à l'os depuis plusieurs minutes quand son amie daigna surgir de derrière un arbre. « Tu es en retard », lui reprocha-t-il entre deux claquements de dents. L'adolescente lui fit signe de s'asseoir. Elle s'installa derrière lui et sortit d'une petite sacoche une longue paire de ciseaux rouillés. Elle découpa la chemise de son demi-frère devenue impossible à retirer. Elle sortit ensuite son matériel de couture et fit passer l'aiguille de part et d'autre de son dos qui, à la fin de cette première étape, était orné de plusieurs croix lâches. Au bas du dos, deux fils en ressortaient, scintillant et flottant au vent. L'adolescente s'en saisit et tira dessus de toutes ses forces comme pour serrer un corset. Citra grognait de rage tandis que Colonne-en-vrac laissait éclater ses pleurs tout en essayant de retenir ses cris de douleur. Ses os craquaient horriblement fort. Citra acheva son travail d'un triple nœud bien serré. « Voilà, c'est fini, annonça-t-elle en frottant ses mains l'une contre l'autre après s'être relevée. Ça devrait tenir jusqu'à l'imprégnation du fil dans ta chair, mais ton dos ne sera jamais complètement droit. » Colonne-en-vrac exécuta plusieurs roulements d'épaules. Malgré la douleur toujours vive, il ne s'était jamais senti aussi bien. « Tu vois, c'est ça qu'on peut faire avec la magie. » L'adolescent se leva à son tour et ancra profondément ses yeux dans ceux de la jeune fille. « Je sais. C'est incroyable, mais… ne fais pas ça. Je t'en supplie, ne fais pas ça. Tu n'imagines même pas l'immensité de ce que tu pourrais y perdre. » Dans un sourire pincé, elle lui donna une tape dans le dos et partit après un : « Il se fait tard, tu ne devrais pas traîner. »

« Je sais ce que tu es allée faire la nuit dernière. » Citra s'arrêta de ranger les bols en céramique. « Tu sais que si tu renonces à la magie, tu ne pourras plus refaire ça de ta vie, déclara son protecteur. — Pourquoi avez-vous tous votre mot à dire là-dessus ? C'est ma décision, à moi. Putain ! » Elle partit en laissant les derniers bols sur la table mal poncée.

Citra gérait sa frustration en tirant une flèche dans chaque tronc qu'elle croisait. Elle les récupérait en tirant furieusement dessus. Ses manches qu'elle retroussait pour fluidifier ses mouvements mettaient en valeur ses bras musclés. En vérité, elle ne savait toujours pas quelle décision prendre concernant l'éclipse astrale. Soudain, elle entendit des pas lourds et bruyants s'approcher. Narcisse, le premier des trois frères à être arrivé sur place, la regardait de haut d'un air mauvais, des hommes en armure sombre se trouvaient à ses côtés. Les regards du prince arrogant et de la princesse déchue se croisèrent avant qu'elle n'entende de sa bouche : « C'est elle ! C'est la sorcière ! » Elle n'eut pas le temps de jurer qu'elle banda son arc et visa les visières des casques des soldats. Ils tombèrent comme des mouches, une flèche enfoncée profondément dans l'œil, mais il y en avait toujours plus qui arrivaient de tous les côtés. À cause de leur proximité, Citra dut lâcher son arc pour se défendre uniquement avec ses dernières flèches, esquivant les coups violents d'épée. Paniquée, elle se retrouva à courir dans la première direction par laquelle étaient survenus les soldats. Enfonçant son arme dans chaque parcelle de peau que l'adolescente visualisait, elle ne se rendait plus compte de ce qu'elle faisait jusqu'au moment où le temps sembla s'arrêter. Sa flèche était plongée dans les entrailles d'un garçon aux cheveux blonds. Elle s'immobilisa sur le coup. Le sang chaud de son demi-frère tacherait son poing à jamais. « Narcisse ! » Cette lamentation déchira le ciel. Citra voulut fuir et, par réflexe, elle retira l'arme logée dans sa chair ainsi que la seule chance de survie du blond. De loin, Viktor, suivi du troisième frère qui peinait à le suivre, venait d'arriver et vit toute la scène. Le premier et le troisième prince descendirent dans le cratère, là

où les cadavres s'étaient accumulés. Colonne-en-vrac s'écroula aux pieds du deuxième frère, quant à Viktor, il resta droit, le visage sombre. Il força son frère à se relever. « Tout ça, c'est ta faute ! C'est la faute de cette satanée sorcière ! hurla Viktor.
— Quoi… ? Mais… Citra n'aurait jamais fait une chose pareille, murmura Colonne-en-vrac.
— Regarde autour de toi, putain ! Tout ça, c'est ta faute et uniquement la tienne ! » Colonne-en-vrac commença à pleurer silencieusement. Il osa un regard pathétique vers son frère. Au lieu d'avoir pitié, celui-ci le gifla. Sous l'effet du choc, le prince au dos brodé s'écroula par terre. La princesse déchue, restée cachée dans un arbre, avait tout entendu. Elle avait attendu que les deux frères et le reste de la garde s'en aillent pour laisser la brume s'installer, et que celle-ci s'estompe pour descendre. L'archère avait creusé avec ses ongles l'épaisse mousse qui recouvrait son frère. Elle l'avait retirée comme on abaisse une couverture de telle sorte que son visage macabre soit parfaitement visible. D'horreur, elle plaqua l'une de ses mains sales sur sa bouche. Des milliers de voix criant « Sorcière ! Sorcière ! » résonnaient dans sa tête.

Le vent hurlait ce soir-là et arrachait les feuilles des arbres. La future sorcière disposa des bougies en cercle et réussit, au bout de nombreux essais, à les allumer, ce qui ne fut pas tâche aisée. Quand cette action fut achevée, la jeune fille s'y installa au centre. D'un seul coup, les étoiles s'éteignirent dans le ciel, le vent s'arrêta de souffler et les flammes des bougies devinrent bleues. Une présence dont une froideur agressive se dégageait se fit sentir dans le dos de Citra. Sous les pas de la silhouette, les feuilles craquèrent. « J'ai cru comprendre que tu cherchais un acheteur ? » La jeune fille acquiesça. « J'imagine que tu désires ce que tout le monde convoite : la vie éternelle, la magie... — Non. » Son ton tranchant laissa dégouliner son mépris. « Non ? — Non. » La silhouette se remit à marcher, comme perturbée par ce refus. « Une originale, je vois. Et puis-je savoir pourquoi ? — Non. — Non... D'accord. Alors que réclames-tu en échange ? — Une vie. — Une vie, seulement ? Laquelle ? » Elle désigna du menton le cadavre qui reposait à plusieurs mètres d'eux. « Oh, cette vie ? » Elle acquiesça. « Et pour cette vie, tu serais prête à renoncer au rire, ressentir une faim et une soif jamais étanchée, assécher une plante une fois par an, ne plus ressentir ni le goût ni le parfum, prier le dieu Daemon, subir une transformation lente et douloureuse en thérianthrope et, en conséquence, être rejetée des hommes... — Oui. — ... pour cet humain ? ... Bien. La Mort est difficile à convaincre, mais devant tant de dévotion, je peux bien lui dérober quelque chose temporairement. » La présence disparut. Les flammes reprirent leur couleur originale, le vent se réinstalla. Les étoiles étaient réapparues. Une lumière vive se dégagea du corps de l'adolescent.

Au petit matin, Citra avait déjà quitté les lieux et Narcisse se réveilla. Durant sa résurrection, le deuxième prince avait obtenu la jeunesse et non la vie éternelle.

Une Histoire d'Honnêteté

« Je vais te retirer une partie de ton humanité, en as-tu conscience ? » L'homme d'une trentaine d'années essuyait avec application la lame argentée. Caprice le dévisageait, la tête imperceptiblement penchée en arrière. Angoissée mais résignée, elle répondit après une demi-minute de silence : « Oui. — Bien. » Il stoppa son geste et le reprit, cette fois-ci avec un torchon imbibé d'un liquide d'une couleur similaire à celle de la lame. « Après ça, tu ne ressentiras plus la douleur, ni la douceur, ni le bonheur, ni le malheur. Ton corps souffrira sans que tu en aies toujours conscience, il faudra surveiller tes limites, malgré une capacité de guérison et de régénération plus rapide. — Est-ce que vous regrettez ? » Caprice pensait que sa question susciterait une quelconque réaction chez son interlocuteur, mais en effet, il ne ressentait rien. « Difficile à dire. Le regret nécessite la présence d'émotions, il me semble. » Il jeta le bout de tissu taché sur le plan de travail et s'approcha. Envahie par une peur qui lui semblait irrationnelle, Caprice se renseigna une dernière fois : « Est-ce que ça va faire mal ? — Autant qu'une lame qui s'enfonce au plus profond de la chair », haussa-t-il des épaules. Sans ménagement, il lui saisit le bras et lui enfonça l'arme blanche. Caprice hurla à s'en arracher les poumons, son instinct de survie luttait contre les sangles qui empêchaient son autre bras et ses jambes de bouger et la poigne ferme du Chasseur. Ce dernier remua le couteau dans la plaie avant de la retirer et de s'éloigner pour la nettoyer. La nouvelle recrue aurait volontiers stoppé le saignement en appuyant sa main gauche sur la plaie. Elle se laissait s'affaler sur la chaise en bois, en en voulant à la Forêt entière et à cet homme qui la laissait se vider de son sang après lui avoir infligé une telle douleur, se foutant complètement que sa vie puisse prendre fin à cet instant si personne ne la soignait. Elle s'apaisa, sombrant peu à peu dans les ténèbres, la morve s'accumulant au-dessus de ses lèvres, ses dernières larmes glissant sur le chemin tracé par les premières, bercée par les picotements qui se répandaient depuis son bras.

Caprice parcourait de ses doigts les pierres grises du Grand Château. Cette immense bâtisse servant de « repère de chasse » avait été construite, pierre par pierre, à la sueur du front de plusieurs centaines de personnes. Beaucoup avaient passé leur vie sur le chantier, les plus malchanceux en étaient morts avant son achèvement. Les noms des artisans avaient été les premiers à avoir été gravés sur les murs, s'était ensuivie une longue liste de tous les Chasseurs ayant perdu la vie, rares étant ceux décédés de mort naturelle. Caprice s'était arrêtée et observait, rêveuse, l'assemblage de lettres que ses doigts tâtaient. Le doyen, toujours appuyé sur sa canne, s'était approché. « Magnifique, vous ne trouvez pas ? » La Chasseresse, après une longue hésitation, lâcha la paroi et ancra ses yeux dans les siens. « Je peux vous poser une question ? » Le vieil homme, égayé par l'âge et débarrassé de la peur et de la honte, après s'être pincé les lèvres, répondit en souriant : « Allez-y. — Pourquoi… vous avez fait… ça ? » interrogea-t-elle en appuyant sur sa cicatrice. Le doyen fit la moue puis sourit à nouveau. « Il est intéressant de voir que l'opération n'affecte en rien la curiosité de certains Chasseurs. Néanmoins, je reste perplexe, tous les autres Chasseurs imitent les émotions humaines, mais vous non. Pourquoi ? — Je n'y vois pas l'intérêt, répondit-elle indifférente. Vous n'avez pas répondu à ma question. » Après une courte pause de réflexion, le doyen ajouta : « Vous avez raison, pardonnez-moi. Cependant, la réponse que vous attendez ne peut être simplement donnée comme ça, je vous propose donc de me suivre. » Il la dépassa et continua à marcher. Elle se contenta de le suivre du regard avant de l'interrompre. « C'était votre fils, n'est-ce pas ? demanda-t-elle. C'était votre fils ? relança-t-elle à cause de l'absence de réponse. Votre femme aussi est morte. Cœur brisé, il me semble. » Le doyen ne se retourna pas. Il remua faiblement la tête comme s'il hésitait à lui faire face. Il ne le fit pas. « J'imagine que vous ne voulez pas me suivre. » Caprice fit une seconde fois interrompre la marche du doyen : « Si, je suis curieuse. Continuez sans moi, je saurai où vous trouver. Je vais rester ici, me recueillir un court instant. » Le vieux Chasseur se retourna enfin, hocha la tête, et se rendit là où il devait aller.

Les Protecteurs de la Clairière

Il était une fois un frère et une sœur unis qui désiraient plus que tout fuir leurs vies respectives. Ils arrivèrent devant un arbre attisant la curiosité dont les racines recouvraient la terre comme une armée de serpents. Celles-ci attrapèrent le frère et la sœur pour les aspirer sous terre et les recracher dans un endroit inconnu où d'innombrables lucioles illuminaient la nuit pour les accueillir. La sœur, émue, prit la main de son frère et ils se promirent de protéger leur nouveau chez-eux jusqu'à la fin.

Une Trahison au goût de Sang

« Alors, mon garçon, n'as-tu rien à me dire ? » La pièce était froide et sombre. En son centre se trouvaient un jeune homme de 20 ans et un homme plus âgé et plus dangereux. « Allons, ne sois pas timide, j'ai appris qu'elle était revenue. » Le regard paniqué du jeune homme le trahit et l'homme plus âgé sourit. « Je suis déçu, tu comptais me le cacher. — Non, pas du tout, maître ! » se défendit le jeune homme. Son corps tremblait de plus en plus et cela s'accentua quand le dominant vint enfoncer ses ongles à l'arrière du cou du garçon. « Ne t'avise pas de me trahir une seconde fois, petit vaurien, je t'ai tout donné ! — Que… qu'est-ce que vous voulez de moi ? — Fais-lui payer ! Fais-lui subir un châtiment qu'elle ne risque pas d'oublier. — Mais… je croyais que vous lui aviez déjà infligé une punition vous-même. — Cela ne suffisait pas par rapport à l'affront que sa mère et elle m'ont fait ! cracha-t-il en enfonçant plus profondément ses ongles. Fais-le et ta dette envers moi s'annulera pour de bon. Sinon, j'ignore si je serai encore capable de supporter la respiration de ta mère et de ta sœur. »